**CARAMBAIA**

**2**

# Marcel Proust

# Salões de Paris

---

Tradução
**Caroline Fretin de Freitas**
**Celina Olga de Souza**

---

Apresentação
**Guilherme Ignácio da Silva**

Nota do editor
PROUST JORNALISTA
7

APRESENTAÇÃO
Guilherme Ignácio da Silva
9

UM SALÃO HISTÓRICO. O SALÃO DE S. A. I. A PRINCESA MATHILDE *Le Figaro*,
25 de fevereiro de 1903
25

O PÁTIO DOS LILASES E O ATELIÊ DAS ROSAS. O SALÃO DA SRA. MADELEINE LEMAIRE *Le Figaro*,
11 de maio de 1903
38

O SALÃO DA PRINCESA ÉDMOND DE POLIGNAC. MÚSICA DE HOJE. ECOS DO PASSADO *Le Figaro*,
6 de setembro de 1903
48

O SALÃO DA CONDESSA D'HAUSSONVILLE *Le Figaro*,
4 de janeiro de 1904
55

O SALÃO DA CONDESSA POTOCKA *Le Figaro*,
13 de maio de 1904
63

A CONDESSA DE GUERNE *Le Figaro*, 7 de maio de 1905
70

SENTIMENTOS FILIAIS DE UM PARRICIDA *Le Figaro*,
1º de fevereiro de 1907
74

DIAS DE LEITURA *Le Figaro*,
20 de março de 1907
87

UMA AVÓ *Le Figaro*,
23 de julho de 1907
95

GUSTAVE DE BORDA *Le Figaro*, 26 de dezembro de 1907
100

A CHEGADA DA PRIMAVERA, PILRITEIROS BRANCOS, PILRITEIROS COR-DE-ROSA *Le Figaro*, 21 de março de 1912
102

RAIO DE SOL NA SACADA
*Le Figaro*, 4 de junho de 1912
**109**

IGREJA DE VILAREJO
*Le Figaro*, 3 de setembro
de 1912
**114**

FÉRIAS DE PÁSCOA
*Le Figaro*, 25 de março de 1913
**122**

FESTA LITERÁRIA
EM VERSALHES *Le Gaulois*,
31 de maio de 1894
**130**

A MODA *Le Mensuel*,
dezembro de 1890
**137**

A MODA *Le Mensuel*,
março de 1891
**140**

IMPRESSÕES DOS SALÕES
*Le Mensuel*, maio de 1891
**143**

COISAS NORMANDAS
*Le Mensuel*, setembro de 1891
**150**

LEMBRANÇA *Le Mensuel*,
setembro de 1891
**153**

PERFIL DE ARTISTA
*Revue d'Art Dramatique*,
janeiro de 1897
**156**

CONTRA A OBSCURIDADE
*Revue Blanche*,
15 de julho de 1896
**159**

Nota do editor
## Proust jornalista

Antes de se tornar o autor consagrado de *Em busca do tempo perdido*, Marcel Proust, como tantos escritores de sua época, passou pelo jornalismo. Foi nos periódicos franceses que publicou seus primeiros textos: crônicas em que descreve os salões parisienses – espécies de saraus literários e musicais frequentados por aristocratas e gente da alta sociedade da época –, críticas de moda, arte e literatura e textos inspirados na atualidade política e até policial.

Este volume apresenta 22 crônicas publicadas por Proust na imprensa francesa, principalmente no jornal *Le Figaro*, mas também em periódicos de curta duração como o *Le Mensuel* (que circulou entre outubro de 1890 e setembro de 1891) ou revistas especializadas, como a *Revue d'Art Dramatique* (1886-1909) ou a *Revue Blanche* (1889-1903).

Várias das crônicas presentes neste livro permaneceram inéditas, sem publicação posterior à sua aparição na imprensa. Como era usual no jornalismo do século XIX, alguns desses textos foram assinados por pseudônimos, hoje identificados por especialistas na obra do autor como sendo efetivamente de Proust. Nesta edição, mantivemos as assinaturas originais.

Apresentação com
esboço de cronologia
proustiana
**Guilherme Ignácio
da Silva**

I. ARTIGOS NO *FIGARO*

O presente volume reúne alguns textos que Marcel Proust publicou em jornais e revistas. Abrangendo um período de mais de vinte anos, esses textos podem ser classificados em quatro grupos: 1) textos de juventude, publicados em revistas pelo iniciante Marcel, aluno egresso do liceu Condorcet; 2) crônicas mundanas, escritas pelo jovem de ambições literárias que adentrava alguns salões parisienses do fim do século XIX; 3) textos que antecedem em muito pouco o trabalho de criação de *Em busca do tempo perdido*; e 4) textos produzidos durante o intenso trabalho de criação do romance.

Entre as crônicas que precedem em pouco o início do trabalho de criação do que se tornaria um romance, destacam-se "Sentimentos filiais de um parricida" e "Dias de leitura". Veiculado em fevereiro de 1907 pelo *Figaro*, "Sentimentos filiais de um parricida" trata de um caso de assassinato da mãe por um filho e desenvolve um tema central do romance vindouro – a relação entre as gerações baseada numa forma de amor que não exclui o sadismo e a profanação dos pais. No romance, a profanação dos pais e familiares terá como exemplo inicial a cena das lésbicas que, depois de encenar a profanação do pai músico, recuperarão juntas o manuscrito de uma obra que permitirá ao narrador proustiano formular a própria essência da arte e lhe dará a certeza da eternidade da alma individual: em Proust, moral e arte nunca andarão juntas.

Já "Dias de leitura", que saiu um mês depois no mesmo jornal, trata da noção muito particular do ato de leitura para Proust: totalmente desintelectualizado – e muito além das restrições da mera "inteligência" de um Sainte-Beuve[1] –, o ato de leitura estaria ligado às sensações despertadas pelo texto em conexão com as sensações experimentadas no próprio ambiente em que a leitura se dá. Virá daí a valorização de um livro não por seu valor intrínseco, como *François le champi*, de George Sand, que, encontrado por acaso na biblioteca do príncipe de Guermantes, é o livro mais importante da vida do herói proustiano por ter lhe revelado a "essência do romance" e do "tempo redescoberto": "Não era entretanto um livro extraordinário, era *François le champi,* mas esse nome, como o de Guermantes, não se confundia para mim com os que depois aprendi".[2]

Já as crônicas publicadas durante o período de criação de *Em busca do tempo perdido* reproduzem por vezes tre-

---
[1] Charles-Augustin Sainte-Beuve (1804-1869), escritor e crítico literário francês cujas opiniões foram contestadas por Proust. Uma coletânea de críticas literárias assinadas por Proust foi editada com o título *Contra Sainte-Beuve* (postumamente, em 1954).
[2] Marcel Proust, *O tempo redescoberto*, trad. Lúcia Miguel Pereira. São Paulo: Globo, 2013, p. 175.

chos inteiros do romance; mas a quantidade de variantes é tamanha que nos faz duvidar da possibilidade de edição de uma espécie de "obra completa" de Marcel Proust.

A maioria das crônicas aqui reunidas apareceu nas páginas do jornal *Le Figaro*. Isso explica em parte o fato de a primeira edição de *No caminho de Swann* (1913) trazer dedicatória ao diretor desse jornal: "Ao sr. Gaston Calmette, como um testemunho de profunda e afetuosa gratidão – Marcel Proust".

Mesmo tendo recusado editar o romance proustiano, Calmette acolhera em seu jornal muitos outros textos do escritor. Além das crônicas, o *Figaro* ainda veicularia a extraordinária série de pastiches de Proust. Uma antecipação desses pastiches (e prova do talento ímpar de Marcel para a imitação) é a abertura da crônica sobre o salão de Madeleine Lemaire, que já se inicia com o pastiche de um romance de Balzac: "Balzac, caso vivesse hoje, poderia ter começado um conto nestes termos".

Periódico consultado pela sociedade elegante, além do noticiário político, o *Figaro* trazia resenhas de recepções mundanas, com extensa lista dos convidados mais ilustres. A marquesa de Villeparisis, membro da antiga nobreza que, por circunstâncias que o narrador proustiano gostaria de investigar, foi sendo excluída das recepções mais elegantes, se mostrou certa vez indignada com o que havia lido ultimamente no *Figaro*: "No *Figaro* estão dizendo que ele jantou ontem no salão da princesa de Sagan, já que agora colocam essas coisas no jornal".[3]

A marquesa talvez não apreciasse as resenhas que o jovem Marcel Proust, originário de uma burguesia enriquecida, recém-chegado à "alta sociedade" (o *grand monde*),

---

3 Marcel Proust. *Cahier 31*, fólio 55rº. Disponível para consulta no site da Bibliothèque Nationale de France, gallica.fr, sob o registro NAF 16671.

inseriu no *Figaro*: nessas resenhas, Marcel se exercitaria literariamente no elogio de alguns salões que o haviam acolhido como um jovem muito cortês de talento promissor.

Procedimento tipicamente proustiano, na obra *Em busca do tempo perdido*, o fato de enviar um texto para o jornal dirigido por Gaston Calmette acaba se tornando elemento ficcional, e o herói aguarda durante centenas de páginas a inserção de uma de suas crônicas no jornal: "Eu chamava Françoise. Abria o *Figaro*. Procurava e verificava que lá não vinha um artigo, ou coisa com pretensão a tal, que eu enviara àquele jornal [...]".

Meses mais tarde, ainda durante o cativeiro de sua "prisioneira", Marcel continua procurando o artigo que devia aparecer no jornal: "Françoise trouxe-me o *Figaro*. Passei os olhos nele e vi logo que meu artigo não tinha saído ainda".[4]

Só muito mais tarde, depois da fuga e da morte precoce de Albertine, e quando já não espera pela edição de seu texto, o herói se depara com o artigo enviado há muito ao jornal:

> Abri o *Figaro*. Que tédio! Justamente o artigo principal tinha o mesmo título do que eu mandara e não fora publicado, e não era só o título... Aqui estão algumas palavras absolutamente iguais. Era demais. Eu protestaria. [...] Mas não eram só algumas palavras, era tudo, era a minha assinatura. Era o meu artigo que enfim aparecera![5]

Na verdade, muito antes de vir a integrar cenas do próprio romance, o envio de um artigo para o *Figaro* está na ori-

---

4 Marcel Proust. *A prisioneira*, trad. Manuel Bandeira e Lourdes Sousa de Alencar. São Paulo: Globo, 2011, p. 35 e p. 170.
5 Marcel Proust. *A fugitiva*, trad. Carlos Drummond de Andrade. São Paulo: Globo, 2012, p. 196.

gem do que viria a se tornar *Em busca do tempo perdido*. No inverno de 1908-1909, Proust passava a trabalhar num projeto contra as ideias do crítico Sainte-Beuve. Em vez de criar um texto dogmático (mero exercício de "inteligência"), Proust recorreria à cena do despertar e da esperança de ler no jornal o texto enviado havia muito tempo:

> Ficava pensando em um artigo que havia enviado já há muito tempo ao *Figaro*, tinha até mesmo corrigido as provas de edição, depois tinha esperado toda manhã encontrá-lo no jornal, enfim, tinha parado de esperar. E ficava me perguntando se valeria a pena escrever outros.[6]

Artigo publicado, ele teria a ideia de um novo texto quando conversava com a mãe: "Mas antes de voltar a me deitar queria ir beijar mamãe e saber o que ela tinha achado do artigo".[7]

A conversa entre eles seria registrada sob a forma de um novo artigo em que o narrador explicaria para a mãe as fragilidades de Sainte-Beuve.

Antes da leitura do jornal, esse narrador – homem maduro e solitário – rememoraria alguns quartos em que estivera ao longo de sua existência. Embora tenha permanecido inacabado, o projeto deu origem a um texto de ficção que tinha como ponto de partida as cenas de rememoração dos quartos de dormir e, como conclusão, a crítica do método de Sainte-Beuve. Em breve essa es-

---

6 O projeto *Contre Sainte-Beuve* foi publicado em duas edições diferentes pela editora Gallimard, uma primeira edição mais ficcional em 1954 e uma segunda edição com mais textos de crítica em 1971. O trecho citado foi extraído de: Marcel Proust, *Cahier 3*, fólio 3r°. Disponível para consulta no site gallica.fr, sob o registro NAF 16643.
7 Marcel Proust. *Cahier 1*, fólio 2r°. Disponível para consulta no site gallica.fr, sob o registro NAF 16641.

trutura se expandiria e passaria a ter como eixo argumentativo uma introdução sobre o "tempo perdido" (*temps perdu*) e uma conclusão sobre o "tempo redescoberto" (*temps retrouvé*).

Em 1908, Proust envia uma carta ao amigo marquês de Albufera na qual sinaliza os rumos que sua atividade criativa estava tomando. Ele ainda não se dá conta de que os temas elencados na carta não são temas de artigos de jornal e de que, em breve, viriam a integrar um romance:

> Pois estão em andamento: um estudo sobre a nobreza/um romance parisiense/um ensaio sobre Sainte-Beuve e Flaubert/um ensaio sobre as Mulheres/um ensaio sobre a Pederastia (difícil de publicar)/um estudo sobre os vitrais/um estudo sobre o romance.[8]

## II. BAJULAÇÃO/CURIOSIDADE

Antes de falar das crônicas mundanas publicadas no jornal *Figaro*, valeria a pena fazer um breve lembrete do vocabulário proustiano, retomando nomes próprios como Combray, Guermantes, Swann e Verdurin. A alusão à antiga nobreza francesa (os Guermantes) explica os títulos de volumes como *No caminho de Swann* e *O caminho de Guermantes*: Swann é o personagem do judeu esteta, de origem burguesa, que conseguiu entrar em contato com os salões da antiga nobreza e que, "durante 25 anos", frequentou diariamente o salão da duquesa de Guermantes.

---

[8] Carta ao marquês de Albufera citada por Philip Kolb. In Marcel Proust, *Le Carnet de 1908*, editado por Philip Kolb, coleção Cahiers Marcel Proust, n. 8. Paris: Gallimard, 1976, p. 16.

"Combray", título do primeiro capítulo do livro, é o nome de um vilarejo medieval onde o herói proustiano passa as férias com seus familiares. A igreja da cidade guarda um túmulo de uma princesa de origem goda assassinada pelo marido, um rei merovíngio, no ano 568 d.C. Proust vincula esse fato histórico da França aos ancestrais da família dos Guermantes.

Já a palavra "caminho" (no original, *côté*) tem ligação com o herói-narrador: como Swann, ele é de uma família burguesa e percorrerá os mesmos caminhos deste, entrando em contato com a arte num salão da alta burguesia (o salão dos Verdurin) e com os Guermantes, família de senhores feudais que, na Idade Média, exercia o poder sobre o vilarejo de Combray (seu feudo na época) e que também está representada nas paredes e nos vitrais da "igreja de vilarejo".

Os três primeiros volumes de *Em busca do tempo perdido* vão narrar, assim, a lenta aproximação do herói proustiano dos salões prestigiosos da duquesa e da princesa de Guermantes, cujo esplendor estivera ligado, para ele, aos resquícios da presença dessa família na Idade Média e no Antigo Regime. E, como Swann, ele ouvirá a música de Vinteuil no salão dos Verdurin.

Uma visão geral das crônicas mundanas de Marcel Proust no *Figaro* mostra o jovem cronista num exercício de síntese de ambientes muito distintos: ele não trata apenas dos salões da antiga nobreza, mas da nova nobreza (a chamada "nobreza Império") e da alta burguesia ligada às artes (modelo dos Verdurin).

O ponto de partida do cronista que adentra um salão da antiga nobreza é a curiosidade investigativa sobre seus membros. Antes de iniciar uma de suas crônicas mundanas, Marcel formula (sob a forma de pergunta) o que atrai sua curiosidade de leitor das *Memórias* do duque de Saint-Simon:

Não existem mais esses seres nos quais a herança da nobreza intelectual e moral acabara por modelar o corpo e levar a essa *nobreza física* da qual nos falam os livros e que a vida não nos oferece? [...] Não poderíamos ver alguns desses seres, cuja nobre estatura rendia naturalmente uma nobre estátua e cuja escultura depois de sua morte dormia no fundo das capelas, sobre seus túmulos?[9]

Em suas investigações, Marcel Proust encontra no perfil do príncipe Édmond de Polignac a realização dessa "nobreza física" de cuja existência a leitura de memórias sobre o Antigo Regime o levava a suspeitar. No romance futuro, será o personagem de Robert de Saint-Loup que o narrador reconhece como "sobrevivente", como remanescente do "tempo perdido" ligado ao Antigo Regime francês. Por ocasião do primeiro encontro com Saint-Loup, na praia, este usava

> [...] um traje de tecido muito fino, esbranquiçado, como nunca imaginei que se atrevesse a vesti-lo um homem, e que evocava por sua leveza o frescor do refeitório, ao mesmo tempo que o calor e o sol de fora; andava muito depressa. Tinha os olhos cor de mar, e de um deles se desprendia a cada momento o monóculo. Todo o mundo ficava a olhá-lo com curiosidade, pois sabiam que aquele marquesinho de Saint-Loup-en-Bray era famoso por sua elegância. [...] Atravessou todo o hotel como se fosse perseguindo o seu monóculo, que revoluteava diante dele como uma borboleta.[10]

---

9 "O salão da condessa d'Haussonville". *Le Figaro*, 04/01/1904.
10 Marcel Proust, *À sombra das raparigas em flor*, trad. Mario Quintana. São Paulo: Globo, 2006, p. 112.

Arruinado economicamente, o príncipe Édmond de Polignac – como Saint-Loup – recorrerá ao casamento com herdeira riquíssima, mas de origem burguesa (no caso, a herdeira norte-americana do império de máquinas de costura Singer). Assim, não é por acaso que o obituário do príncipe, que aparece na crônica "O salão da princesa Édmond de Polignac", será retomado literalmente quando do enterro de Saint-Loup, em Combray – o que muda é apenas a consoante "P" (de Polignac), para o "G" (de Guermantes):

> Lembro-me de que no triste dia de seu enterro, na igreja onde tecidos negros levavam no alto a coroa fechada em escarlate, a única letra era um P. Sua individualidade fora apagada, havia voltado para sua família.
> Não era mais que um Polignac.

No geral, os retratos traçados pelo jovem cronista mundano são bastante elogiosos e condescendentes com possíveis traços menos brilhantes. Exemplo disso é o retrato de seu amigo íntimo, o príncipe Antoine Bibesco, que exibe um "aspecto mitológico" que "lembra Aquiles ou Teseu". Mesmo o jardinzinho da princesa Potocka ganha ares mitológicos: "Jamais uma área de iniciação fora mais fecunda para se percorrer antes de se aproximar de uma deusa".[11] Outro exemplo dessa condescendência é a descrição do monóculo de um dos convidados da princesa Mathilde:

> Seria a *Revue Britannique*, sua própria revista, que acaba de abrir o sr. Pichot, cujo monóculo está acomodado em uma posição inabalável, testemunhando naquele que o usa

---
11 "O salão da condessa Potocka". *Le Figaro*, 13/05/1904.

a firme vontade de tomar conhecimento de um artigo antes que a festa comece?[12]

Traço indispensável de futuros retratos de convidados nos salões de *Em busca do tempo perdido*, o monóculo será índice do "sonho coletivo" em que está mergulhada a sociedade que frequenta os salões da *belle époque*: por uma espécie de estupidez compartilhada como item da moda para o mundano elegante, a peça é usada por membros de todas as classes sociais. Swann, por exemplo, o adota como objeto da moda: "Como era um pouco fraco de vista, Swann teve de resignar-se a usar óculos para trabalhar em casa e adotar em público o monóculo, que o desfigurava menos".

O objeto era tido como normal e parte indispensável da elegância mundana, até quando Swann retorna ao mundo, no pior momento de sua relação com a "cocote" Odette de Crécy, e passa a percebê-lo sob um ponto de vista bastante negativo. Ao adentrar moralmente arrasado no salão da sra. de Saint-Euverte, Swann se depara com o monóculo do general de Froberville, "que lhe jazia entre as pálpebras como um estilhaço de granada em seu rosto vulgar, devastado e triunfante, no meio da fronte a que 'zarolhava' como o olho único do ciclope". Subitamente o aparato lhe aparece "como um monstruoso ferimento que podia ser glorioso ter recebido, mas que era indecente exibir". Ainda na entrada do salão, o monóculo do sr. de Bréauté lhe parece com toda a clareza um elemento de pura moda, como as "luvas gris-pérola", a "claque", a "gravata branca", e lembra "uma preparação de história natural sob um microscópio" onde vê "um olhar infini-

---
[12] "Um salão histórico. O salão de S.A.I. a princesa Mathilde". *Le Figaro*, 25/02/1903.

tesimal e pululante de amabilidade, que não cessava de sorrir à altura dos tetos, à beleza da festa, ao interesse dos programas e à qualidade dos refrescos". Já o marquês de Forestelle exibe um deles minúsculo, que "não tinha aro" e obrigava "a uma crispação incessante e dolorosa o olho onde se incrustava como uma cartilagem supérflua cuja presença é inexplicável e a matéria rara".[13]

A cena que se refere a esses objetos no salão da sra. de Saint-Euverte é muito importante pela presença de um "romancista mundano", um protótipo do que poderia ter sido o próprio autor, que circula pelo salão com seu impiedoso monóculo, "seu único órgão de investigação psicológica e de impiedosa análise".[14] Engana-se aquele que, com a intenção de analisar em profundidade os salões, simplesmente ajusta seu monóculo: Swann não teria percebido a realidade do objeto caso se limitasse à postura do observador – foi o distanciamento da sociedade ocasionado por seu amor e, sobretudo, a dor que vem experimentando com sua ruína que lhe possibilitaram a nova visão. A conclusão do romance vincula justamente a dor à criação artística: "Não apenas a educação das crianças, mas também a dos poetas, faz-se à custa de bofetadas".[15]

Swann, entretanto, é um diletante que morre como mero mundano sem conseguir dar uma forma artística a suas sensações e percepções; e o narrador registra esse obituário justamente em uma crônica de jornal:

---

13 Marcel Proust, *No caminho de Swann*, trad. Mario Quintana. São Paulo: Globo, 2006, pp. 394-395.
14 Marcel Proust. *No caminho de Swann*, pp. 394-395.
15 Marcel Proust. *O tempo redescoberto*, trad. Lúcia Miguel Pereira. São Paulo: Globo, 2013, p. 181.

> Soubemos com vivo pesar que o sr. Charles Swann faleceu ontem em Paris, na sua residência, vítima de pertinaz moléstia. Parisiense cujo espírito era por todos apreciado, assim como a firmeza de suas amizades escolhidas mas fiéis, sua falta será unanimemente deplorada, tanto nos meios artísticos e literários, onde a finura esclarecida do seu bom gosto fazia com que se sentisse bem e fosse procurado por todos, quanto no Jóquei Club, de que era um dos membros mais antigos e mais influentes. [...] As exéquias terão lugar etc.[16]

Apesar de a condescendência ser a regra dos retratos traçados pelo cronista mundano em suas resenhas do *Figaro*, a crônica sobre o salão de Madeleine Lemaire já contém uma crítica bastante sutil da vida mundana: quando o autor evoca uma dessas recepções a que esteve presente, ela lhe aparece "melancólica por ter sido repleta de possibilidades não realizadas".[17]

Essas "possibilidades não realizadas" de criação artístico-literária levarão Proust a abandonar a literatura após o fracasso de um projeto de romance, publicado postumamente sob o título de *Jean Santeuil*. As traduções que em seguida faz de duas obras de Ruskin[18] são consolo daquele que se dedica a um trabalho de erudição por não conseguir criar nada próprio. Mas, caso não tivesse escrito o romance, Proust "passaria à posteridade como tradutor de John Ruskin e historiador da arte".[19]

O jovem de muitos talentos ainda "não realizados", antigo cronista clemente com os frequentadores dos salões

---

16 Marcel Proust. *A prisioneira*, p. 229.
17 "O pátio dos lilases e o ateliê das rosas. O salão da sra. Madeleine Lemaire". *Le Figaro*, 11/05/1903.
18 John Ruskin (1819-1900), escritor, crítico de arte, poeta e desenhista inglês.
19 Bernard Brun, *Proust*, coleção Idées Reçues. Paris: Le Cavalier Bleu, 2007, p. 28.

que resenhara, aparece germinando em um retrato traçado em suas memórias por um de seus melhores amigos, o escritor e político Léon Daudet:

> Quando soava meia-noite no restaurante Weber, um jovem com olhar de filhote de corça, todo embrulhado num casaco enorme, entrava orgulhoso – tanto no verão quanto no inverno – e pedia uvas, ou duas peras, ou duas maçãs. Era Marcel Proust, que só tinha publicado um livro de crítica sobre Ruskin e maravilhosos pastiches de Balzac, Stendhal e outros no *Figaro*. Sempre quis bem Marcel, que, aliás, era muito ligado a meu irmão Lucien. Ele vinha se sentar em nossa mesa e começava a beliscar umas uvinhas ou a descascar uma pera, sempre dirigindo cumprimentos aos presentes: "Meu senhor, como gostei de seu último livro!... O senhor já terminou aquela bela peça de teatro, hein?... Desculpe, minha senhora, qual é a cor deste casaco adorável?".[20]

A postura assumida do bajulador (*flatteur*) levou um de seus primeiros leitores a se perguntar sobre o horizonte artístico da bajulação:

> Proust era incansável no adestramento necessário para circular nos círculos feudais. Constantemente, e sem grande esforço, ele modelava sua natureza para que ela se tornasse tão impenetrável e engenhosa, tão devota e tão difícil como essa tarefa o exigia. [...] Nos últimos anos de sua vida de salão, não desenvolveu apenas o vício da lisonja, mas também o da curiosidade. Nos seus lábios havia um reflexo do sorriso que perpassa, como um fogo que se alastra, nos lábios das

---

20 Léon Daudet, *Paris vécu, rive droite*. Paris: Robert Laffont, 1992, pp. 1015-1016.

virgens insensatas, esculpidas nos pórticos das catedrais que ele tanto amava.[21]

## III. CONCLUSÃO

Na nossa casa de Aristides Lobo 106, a fachada era avivada primeiro pelo rendilhado de madeira que ornava a parte anterior da descida das águas do chalé; depois, pelas figuras de louça do Reino, representando as estações do ano; pelos estuques que sobreornavam as janelas e portas da fachada, que tinham alizares da mesma pedra das duas escadas de quatro degraus, das pilastras de entrada e das muretas; finalmente pelas malhas, ganchos, trançados, retículos, nós, fivelas, presilhas, conchas, cruzetas, estrelas, quadriculados e pontas de lanças dos ferros do gradil, do portão, dos óculos do porão e dos dois lances de escada que se atiravam para os lados com a mesma graça dos falbalás cheios de florões argênteos da cauda da Condessa Greffulhe, no retrato de 1896.[22]

Fonte de inspiração de muitos traços do personagem de Oriane de Guermantes, a condessa de Greffulhe aparece como convidada de honra dos salões aristocráticos descritos por Marcel Proust em suas crônicas mundanas. Talvez o maior entre os primeiros leitores da obra de Proust no Brasil, Pedro Nava conhecia muito bem (mais do que qualquer leitor contemporâneo) a iconografia do universo proustiano dos salões; e parece convicto da importância de pessoas do universo dos salões na criação do ciclo prous-

---
21 Walter Benjamin, "A imagem de Proust", in *Magia e técnica, arte e política*, trad. Sérgio Paulo Rouanet. São Paulo: Brasiliense, 1994, pp. 41-42.
22 Pedro Nava, *Baú de ossos*. Rio de Janeiro: José Olympio, 1974, pp. 307-308.

tiano de romances: no trecho acima, o memorialista brasileiro tenta reproduzir na própria sintaxe os falbalás do vestido da condessa. Com efeito, no romance, o universo dos Guermantes estará ligado à "civilização", à "mediação cultural" e será "necessariamente o caminho da escrita".[23]

GUILHERME IGNÁCIO DA SILVA é professor de Literatura Francesa na Universidade Federal de São Paulo, tem mestrado e doutorado sobre a obra de Marcel Proust e é membro do projeto internacional Brépols/Bibliothèque Nationale de France de edição crítica dos cadernos manuscritos do autor.

---

23 Françoise Leriche, "La citation au fondement du *Côté de Guermantes*: hypothèses pour un séminaire". *Bulletin d'informations proustiennes*, n. 22. Paris: Presses de l'ENS, 1991, p. 33.

*Le Figaro*

## UM SALÃO HISTÓRICO
## O SALÃO DE S. A. I. A PRINCESA MATHILDE[1]

25 de fevereiro de 1903

Um dia, quando o príncipe Luís Napoleão, hoje general no exército russo, expressava pela centésima vez diante de alguns íntimos, no salão da rua de Berri, seu desejo de ingressar no exército, sua tia, a princesa Mathilde, desolada com essa vocação que lhe roubaria o mais amado de seus sobrinhos, exclamou, dirigindo-se aos presentes:
— Vejam só que obstinação! — Mas, infeliz, só porque tiveste um militar na tua família, isso não é um motivo!... "Ter um militar na família!" Reconhecemos ser difícil lembrar com menos ênfase seu parentesco com Napoleão I.

O traço mais marcante da fisionomia moral da princesa Mathilde talvez seja, efetivamente, a simplicidade com a qual ela fala de tudo o que diz respeito ao nascimento e à condição social.
— A Revolução Francesa! – escutei-a dizer a uma senhora do *faubourg* Saint-Germain[2]. — Se não fosse ela, eu estaria vendendo laranjas nas ruas de Ajaccio!

Essa humildade orgulhosa e a franqueza, a liberdade quase popular pela qual ela se traduz, dão às palavras da princesa um sabor original e um pouco cru que é delicioso. Nunca me esquecerei daquele tom, espirituoso e brutal,

---

1 S. A. I. Sua Alteza Imperial. [Todas a notas são das tradutoras]
2 *Faubourg* designa partes de uma cidade que ficavam, no passado, fora de suas muralhas. Desde o início do século XVIII, o *faubourg* Saint-Germain se tornou um dos bairros nobres de Paris, abrigando aristocratas e financistas. Hoje é conhecido como o bairro dos ministérios e embaixadas.

com o qual respondeu a uma senhora que lhe fez a seguinte pergunta:

— Vossa Alteza consentiria em dizer-me se as princesas sentem as mesmas emoções que nós, simples burguesas?

— Não sei, senhora – respondeu a princesa. — Não é a mim que deves perguntar isso. Afinal não sou o que sou por direito divino!

Essa rudeza um pouco máscula da princesa se tempera a uma extrema doçura que transborda de seus olhos, de seu sorriso, de toda a sua hospitalidade. Mas por que analisar o charme dessa anfitriã? Prefiro tentar fazê-los sentir isso, mostrando a princesa no momento em que recebe.

Sigam-me até a rua de Berri e não demoremos muito, pois lá a reunião não tarda a começar.

Jantamos cedo. Não tanto, talvez, como à época em que Alfred de Musset, pela única vez em sua vida, veio jantar na casa da princesa. Esperamo-lo por uma hora. Quando chegou, estávamos na metade do jantar. Ele estava totalmente bêbado. Não abriu a boca e foi embora ao se levantar da mesa. É a única lembrança que a princesa guardou dele. Ainda hoje é uma das únicas casas de Paris onde se é convidado para jantar às sete e meia.

Após o jantar, a princesa vem se sentar na saleta, em uma grande poltrona que se pode notar à direita quando se vem de fora, ao fundo da sala. Vindo do grande hall, essa poltrona estaria, ao contrário, à esquerda, ficando em frente à porta do pequeno cômodo onde, logo mais, serão servidos os refrescos.

Neste momento os convidados da noite ainda não chegaram. Somente as pessoas que jantaram lá se encontram. Ao lado da princesa, uma ou duas das frequentadoras habituais dos jantares da rua de Berri: a condessa Benedetti, tão espiritualmente linda e tão lindamente espiritual; a srta. Rasponi; a sra. Espinasse, dama de companhia da princesa; e a sra. Ganderax, mulher universalmente amada e apreciada pelo eminente diretor da *Revue de Paris*.

Seria a *Revue de Paris* que está folheando neste exato momento o sr. Ganderax, na mesa localizada à esquerda da princesa? Um pincenê severo esconde a fina expressão de seus olhos bondosos, e sua longa barba negra é muito majestosa.

Seria a *Revue Britannique*, sua própria revista, que acaba de abrir o sr. Pichot, cujo monóculo está acomodado em uma posição inabalável, testemunhando naquele que o usa a firme vontade de tomar conhecimento de um artigo antes que a festa comece?

Nessa mesma mesa, via-se frequentemente, no momento de descontração que segue o jantar e antecede a recepção, um pequeno ancião que, apesar de muito velho, tem um ar bastante jovem, com suas faces de um frescor infantil, seus cabelos curtos prateados, seus trajes excessivamente cuidados, a cortesia viva de sua maneira atenciosa. Era o conde de Benedetti, pai do atual conde e ex-embaixador da França em Berlim (o mesmo que lá esteve em 1870). Era um homem de uma inteligência genuína, de uma perfeita boa vontade, e cuja morte, ocorrida há dois anos, causou uma profunda tristeza na princesa junto à qual ele vinha passar vários meses todos os anos, seja em Paris ou em Saint-Gratien.

Havia também, naquela época, entre os íntimos da princesa, uma pessoa que raramente vinha à sua residência, mas que divertia a todos por sua simplicidade de espírito – o que não a impedia de ser, de qualquer modo, o melhor ser do mundo. Levada a determinado grau, a ingenuidade torna-se cômica, e a desse amigo da princesa propiciava às pessoas que buscavam a sua companhia conversas, à sua maneira, deliciosas.

— Meu caro – dizia a princesa a um de seus amigos, após o jantar, em uma noite em que nevava –, visto que queres absolutamente partir, leva ao menos um guarda-chuva. Não está mais nevando neste momento, mas pode recomeçar.

— É inútil, não nevará mais, princesa – interrompeu a pessoa em questão, pois intervinha habitualmente. — Não nevará mais.

— Como sabes? – perguntou a princesa.

— Eu sei, princesa, não nevará mais... Não pode mais nevar... Colocaram sal!

Todos sorriram e o amigo disse:

— Adeus, princesa, telefonarei amanhã a Vossa Alteza para saber como estais.

— Ah, o telefone! Que bela invenção! – exclamou o brilhante convidado. — É a mais bela descoberta já feita... – corrigindo-se, temendo ter faltado com a verdade – depois das mesas giratórias, bem entendido!

Eu não sei se esse amável cômico, esse involuntário homem de espírito, um pouco afastado do mundo naquele momento, encontra-se nesta noite na casa da princesa.

Mas no tempo em que ele ali brilhava, que doce alegria transmitia a todos os convidados pelo imprevisto de suas intervenções e pela originalidade de suas reflexões! Vocês precisavam tê-lo ouvido insistir que Flaubert tinha por ele tanta estima que um dia lhe fez a leitura de *Bouvard e Pécuchet*.

A princesa, irritada com tanto disparate, protesta com certa veemência. O confidente de Gustave Flaubert insiste com segurança redobrada:

— Estás enganado!

— Não, tenho certeza! – E, vendo que todos estavam com ar de riso, fez esta concessão: — Ah! É verdade, princesa, confundi-me um pouco. Enganei-me. Leu-me *Bouvard*, disso estou certo. Mas tendes razão, não me leu *Pécuchet*.

Mas já chega de nos atermos a essas lembranças. Nisso a porta do salão da princesa se abre, permanece entreaberta, enquanto a senhora que irá entrar – ninguém sabe ainda quem é – arruma uma última vez seus trajes; os homens deixam as mesas onde folheavam as revistas. A porta se abre: é a princesa Jeanne Bonaparte, acompanhada de seu marido, o marquês de Villeneuve. Todos se levantam.

Quando a princesa Jeanne se aproxima da princesa, esta se levanta e recebe ao mesmo tempo a princesa Jeanne e a duquesa de Treviso, que acaba de entrar com a duquesa de Albufera.

Cada senhora que entra faz uma reverência, beija a mão da princesa, que a faz levantar e a beija, ou devolve a reverência, se não a conhece tão bem.

Eis o sr. Straus, advogado bem conhecido, e a sra. Straus, nascida Halévy, cujo espírito e beleza conferem-lhe um poder de sedução único; o sr. Louis Ganderax, o conde de Turenne, e o sr. Pichot apressam-se à sua volta, enquanto o sr. Straus observa ao seu redor com ar malicioso.

A porta se abre novamente, são o duque e a duquesa de Gramont, em seguida a família bonapartista por excelência, a família de todos os belos títulos do império, a família Rivoli, ou seja: o príncipe e a princesa d'Essling com seus filhos; o príncipe e a princesa Eugène e Joachim Murat, o duque e duquesa d'Elchingen, o príncipe e a princesa de Moskva.

Eis o sr. Gustave Schlumberger, o sr. Bapst, o sr. e a sra. Du Bos, o conde e a condessa Paul de Pourtalès, o príncipe Giovanni Borghese, um erudito, um filósofo que também é um brilhante conversador; o sr. Bourdeau, o marquês de La Borde, o sr. e a sra. Georges de Porto-Riche.

A saleta já está tão repleta de gente que os antigos frequentadores mostram o caminho do hall onde os menos íntimos vão admirar, com certa timidez, como colegiais sob os olhares do mestre, os tesouros de arte ali reunidos.

As pessoas param diante do retrato do príncipe imperial pintado por Madeleine Lemaire, do retrato da princesa, por Doucet, do retrato da princesa, por Hébert, no qual ela revela tão belos olhos, tão doces pérolas.

Bonnat observa-o com esse olhar bondoso que brilha diante da bela pintura e troca reflexões de especialista com Charles Ephrussi, diretor da *Gazette des Beaux-Arts*, autor do belo livro sobre Albrecht Dürer, mas em um tom tão baixo que as pessoas mal os ouvem.

A princesa não se senta mais. Vai de um a outro, recebendo os recém-chegados, misturando-se a cada grupo, tendo para cada um uma palavra particular, pessoal, que fará com que, mais tarde, ao chegar em casa, cada um acredite ter sido o centro das atenções da noite.

Quando se pensa que esse salão (usamos aqui a palavra "salão" no sentido abstrato, pois materialmente o salão da princesa ficava na rua de Courcelles antes de ser na rua de Berri) foi um dos centros literários da segunda metade do século XIX; que Mérimée, Flaubert, Goncourt, Sainte-Beuve vieram ali todos os dias, com verdadeira intimidade, com uma familiaridade tão completa que a princesa chegava a convidá-los para almoçar de improviso; que eles não tinham segredos literários para com ela e ela não tinha reservas principescas para com eles; que ela lhes prestou favores até o fim – não somente pequenos favores cotidianos (Sainte-Beuve dizia: "Sua casa é uma espécie de ministério das graças"), mas favores de grande repercussão, daqueles que põem fim a perseguições, dissipam preconceitos, facilitam o trabalho, auxiliam no sucesso, adoçam a vida, mudam um destino; não podemos deixar de acreditar que, apesar de tudo, alguns poderes mundanos podem ter uma influência fecunda sobre a história literária, e que de tais poderes poucas mulheres fizeram tão nobre uso como a princesa.

— A princesa tem o gosto clássico, dizia Sainte-Beuve. Todos os príncipes o têm.

Podemos nos perguntar se Sainte-Beuve não estava enganado e se era próprio a alguém de sensibilidade clássica eleger Flaubert, distinguir Goncourt no momento em que ela o fez – o que a deixava muito avançada em relação ao gosto de seus contemporâneos e ao do próprio Sainte-Beuve.

Mas talvez fosse preciso ver, na sua conduta em relação a eles, antes a fidelidade de uma amiga delicada a dois homens de bom coração do que uma verdadeira predileção pela originalidade de um e pelo talento do outro.

Quantos grandes escritores desconhecidos em sua época deveram somente às suas qualidades de caráter, seu charme social, as amizades preciosas que, retrospectivamente, acreditamos que fossem atribuídas a seus talentos!

Em todo caso, o nome da princesa permanece gravado nas páginas de ouro da literatura francesa. Um volume inteiro de Mérimée, *Lettres à la princesse*; inúmeras cartas de Flaubert; o ensaio *Causeries de Lundi*, de Sainte-Beuve; tantas páginas mais bem-intencionadas que hábeis do *Journal des Goncourt*, dão da princesa uma ideia das mais favoráveis e nobres.

Taine[3], Renan[4], quantos outros foram também seus amigos! Ela se desentendeu com Taine no fim de sua vida, após a publicação de seu *Napoleão Bonaparte*. Ele havia lhe dito:

— Vós o lereis e me direis o que pensastes dele.

---

3 Hippolyte Taine (1828-1893), filósofo e historiador francês.
4 Ernest Renan (1823-1892), escritor e filósofo francês.

Ele lhe enviou o texto. A princesa leu essas páginas independentes e terríveis em que Napoleão aparece como uma espécie de mercenário. No dia seguinte, ela enviou seu cartão a Taine, ou melhor, entregou seu cartão na residência da sra. Taine, a quem devia uma visita, com a simples inscrição: "P.P.C."[5]. Era a sua resposta e significava que ele não deveria mais voltar à sua casa.

Passado algum tempo, ela esbravejou com o escritor que falara tão mal de seu ilustre tio. José-Maria de Heredia, que estava presente, tomou a defesa de Taine com um ardor que decepcionou a princesa, e ela demonstrou isso a ele com certa vivacidade.

— Vossa Alteza vos enganais, disse Heredia. Ela deveria, ao contrário, vendo-me tomar, mesmo contra ela, o partido de um amigo ausente, compreender que se pode, que sobretudo Ela pode, contar com minha fidelidade.

A princesa sorriu e estendeu-lhe afetuosamente a mão.

De resto, um tom de grande liberdade reina entre a princesa e seus amigos, bem registrado no próprio vocabulário, pois a chamam de "princesa", quando o protocolo exigiria "senhora". Eles não se furtam a contradizê-la e a resistir-lhe. Assim, ficamos um pouco surpresos ao ler frases de Sainte-Beuve como estas: "Ela e seu irmão – o príncipe Napoleão – são parecidos nisso, se nos permitirmos ser observadores ao escutá-los".

E por que não nos permitiríamos?

A princesa só tem a ganhar ao ser atentamente observada – e, também, se não tiver, o que importa? *Amicus Plato sed magis amica veritas*![6]

---

5 Iniciais da expressão *pour prendre congé*. Quando escrita em um cartão, geralmente de visitas, indica que o remetente está se ausentando por um tempo, desobrigando o destinatário de responder.
6 Platão é amigo, porém a verdade é mais!

Um artista deve servir somente à verdade e não ter nenhum respeito pela posição social. Ele deve simplesmente levá-la em conta em suas pinturas, como princípio de diferenciação, como, por exemplo, a nacionalidade, a raça e o meio. Toda condição social tem seu interesse, e pode ser tão curioso para o artista mostrar os modos de uma rainha como os hábitos de uma costureira.

A princesa desentendeu-se com Taine, com Sainte-Beuve. Há outro acadêmico que, no fim de sua vida, reconciliou-se com ela.

Quero falar do duque de Aumale.

Admiravelmente bem tratada pela família real em 1841, quando retornou à França, a princesa jamais se esqueceria do que lhe devia, e nunca permitiu, em tempo algum, que se dissesse, na sua presença, nada que pudesse ser ofensivo em relação aos Orléans.

Mas o governo do Império não agiu da mesma forma: os bens dos príncipes foram confiscados, apesar da solicitação da princesa Mathilde e da duquesa de Hamilton.

Mais tarde, após um discurso pronunciado pelo príncipe Napoleão, todos se lembraram da carta terrível, admirável, que lhe escreveu o duque de Aumale. Parecia, depois disso, que a princesa não devesse rever jamais o duque de Aumale. Viveram efetivamente afastados um do outro durante longos anos. Depois, o tempo apagou o ressentimento sem diminuir o reconhecimento e certa admiração recíproca que sentiam um pelo outro, essas duas naturezas tão parecidas, dois príncipes fora do comum, que não eram os primeiros somente pelo nascimento, que não eram nem ele tão orleanista nem ela tão bonapartista, e tinham os mesmos amigos, os grandes "intelectuais" da época.

Durante alguns anos, estes repetiram, um para o outro, as palavras gentis que o príncipe dizia da princesa, e ela, dele. Depois, finalmente, um dia, organizado por Alexandre Dumas Filho, o encontro deu-se no ateliê de Bonnat.

Havia mais de quarenta anos que não se viam. Eram então belos e jovens. Hoje ainda conservavam a beleza, mas não eram mais jovens. Tomados por uma espécie de coquetismo emocionado, ficaram no início longe um do outro, na sombra, um não ousando mostrar ao outro o quanto haviam mudado. Essas nuances foram marcadas, de ambas as partes, com uma exatidão de tom, com um delicado sentimento de medida. Seguiu-se uma verdadeira intimidade, que durou até a morte do príncipe.

A princesa Mathilde, que poderia, se o desejasse, desposar seu primo, o imperador Napoleão, ou seu primo, o filho do imperador da Rússia, casou-se aos 20 anos com o príncipe Demidoff.

Quando ela chegou à Rússia, como princesa Demidoff, o imperador Nicolau, seu tio, que a desejara como nora, lhe disse:

— Jamais lhe perdoarei.

Ele odiava Demidoff, proibiu que pronunciassem seu nome diante dele e quando, de tempos em tempos, vinha de improviso jantar na casa de sua sobrinha, ele nem sequer olhava para seu marido.

Ao vê-la infeliz, disse-lhe:

— Quando precisares de mim, me encontrarás sempre; venhas diretamente a mim.

Ele manteve a palavra; a princesa jamais o esqueceu.

Quando ela retornou à França, como prima do imperador, seu dever mais premente foi escrever ao imperador Nicolau.

Ele lhe respondeu (10 de janeiro de 1853):

"Tive grande prazer, minha querida sobrinha, ao receber tua boa e amável carta. Ela revela sentimentos tão louváveis para ti quanto agradáveis para mim; visto que, seguindo a tua expressão, a nova fortuna da França veio te procurar, aproveita esses favores que ela te dá; eles não poderiam estar em mãos tão gratas quanto as tuas. Estou encantado de poder ter te dado meu apoio em outros tempos."

Mas eis que eclode a guerra da Crimeia. Dividida entre seu patriotismo de princesa francesa e sua gratidão a seu tio e benfeitor, a princesa escreveu ao imperador Nicolau uma carta tocante na qual nem o nacionalismo mais severo encontraria algo a repreender. O imperador respondeu assim (9 de fevereiro de 1854):

"Agradeço-te sinceramente, minha querida sobrinha, os nobres sentimentos que me transmite tua carta. Um coração tal qual o teu não saberia mudar de acordo com as fases móveis da política. Tinha certeza disso; mas, na situação atual, eu deveria sentir uma satisfação particular ao receber boas e amigáveis palavras que me chegam de um país onde, nos últimos tempos, a Rússia e seu soberano não pararam de ser expostos às mais venenosas acusações. Como tu, lamento o fim do bom relacionamento entre a Rússia e a França, que acaba de ocorrer apesar de todos os esforços que fiz a fim de abrir os caminhos para um entendimento amigável. Vendo a ascensão do império na França, me alegrava pensar que o retorno desse regime poderia não acarretar, como uma inevitável consequência, uma luta de rivalidades com a Rússia e um conflito à mão armada entre os dois países. Queira Deus que a tempestade prestes a cair possa ainda se dissipar! Depois de um intervalo de quarenta anos, a Europa estaria destinada a servir, novamente, de palco à retomada dos mesmos dramas sangrentos? Qual seria desta vez o desfecho? Não cabe à previdência humana penetrá-lo. Mas o que posso assegurar-te, minha cara sobrinha, é que, em todas as conjunturas possíveis, não deixarei de ter por ti os sentimentos afetuosos que sempre te dediquei."

Essas duas cartas não são inéditas. Mas o que é totalmente inédito, e mesmo completamente desconhecido (como de resto tudo o que fez, até aqui, a matéria deste artigo), são alguns detalhes com os quais terminaremos.

A afeição que o imperador Nicolau havia dedicado à princesa Mathilde tornou-se uma tradição na família real, e Nicolau II não deixou de testemunhá-la, mas com a nuance de deferência e de respeito que não o obrigava, embora o aconselhasse sua pouca idade.

Sabe-se que, no decorrer das festas que marcaram a primeira visita do jovem imperador a Paris, houve uma cerimônia no palácio dos Invalides.

A princesa recebeu um convite do governo para comparecer a uma honrosa tribuna; mas ela – tão simples e fazendo tão pouco caso dos privilégios de classe, como vimos – manteve intacta sua altivez napoleônica num momento em que a própria honra dos Napoleão estava em jogo.

Ela respondeu que não tinha nenhuma necessidade de convite para ir ao palácio dos Invalides, uma vez que possuía "suas chaves" e lá iria dessa maneira, a única que convinha à sobrinha de Napoleão, quando desejasse. Se quisessem que assim fosse, ela iria; caso contrário, não.

Mas dizer que ela iria com "suas chaves" implicava a pretensão de dirigir-se ao próprio túmulo de seu tio, que o imperador Nicolau deveria visitar!...

Não ousaram chegar a esse ponto; mas, na manhã do dia em que o imperador deveria rezar diante do túmulo de Napoleão I, um amigo da princesa, o almirante Duperré, acreditamos, correu bem cedo à sua residência para anunciar-lhe que as últimas dificuldades haviam sido superadas, que ela estava autorizada a ir ao palácio dos Invalides "com suas chaves", como bem quisesse.

A visita deveria ocorrer alguns instantes mais tarde. A princesa só teve tempo de se preparar, levar consigo uma amiga, que fez, nesse dia, as vezes de dama de companhia (não nos lembramos mais se era a srta. Rasponi ou a viscondessa Benedetti) e, recebida com todas as honras devidas à sua posição, desceu à cripta onde ninguém, além dela e de sua dama de companhia, pôde entrar.

Poucos instantes depois, o czar ali a encontrou, dando-lhe todos os sinais da mais respeitosa afeição.

Estava acompanhado pelo sr. Félix Faure, presidente da República, que foi apresentado à princesa, beijou-lhe a mão e não parou mais, nesse dia e em todos os outros, de dar provas dessa perfeita diplomacia que ele sabia tão bem aliar à mais alta firmeza republicana e ao mais comprovado patriotismo.

*Dominique*

*Le Figaro*

## O PÁTIO DOS LILASES E O ATELIÊ DAS ROSAS. O SALÃO DA SRA. MADELEINE LEMAIRE

11 de maio de 1903

Balzac, caso vivesse hoje, poderia ter começado um conto nestes termos:

"As pessoas que, para irem da avenida de Messine à rua de Courcelles ou ao bulevar Haussmann, seguem pela chamada rua Monceau, do nome de um desses grandes senhores do Antigo Regime cujos parques privados tornaram-se nossos jardins públicos, e que os tempos modernos fariam certamente bem em invejar-lhe, se o hábito de denegrir o passado sem tentar compreendê-lo não fosse uma mania incurável dos ditos espíritos fortes de hoje, pessoas, digo, que pegam a rua Monceau no ponto onde ela corta a avenida de Messine para se dirigirem à avenida Friedland não deixam de ficar impressionadas por uma das particularidades arcaicas, por uma dessas sobrevivências, para falar a linguagem dos fisiologistas, que fazem a alegria dos artistas e o desespero dos engenheiros. No momento em que a rua Monceau se aproxima de fato da rua de Courcelles, os olhos são agradavelmente excitados e a circulação se torna bastante difícil devido a uma espécie de palacete de dimensões modestas que, desprezando todas as normas viárias, avança um pé e meio sobre a calçada da rua, mal deixando espaço para o estacionamento dos carros muito numerosos nesse local, e, com uma espécie de insolência coquete, ultrapassa o alinhamento, esse ideal dos burocratas e burgueses tão justamente execrado, ao contrário, pelos especialistas e pelos pintores. Apesar das pequenas dimensões do palacete, que compreende um edifício de dois andares que dá diretamente para a rua e um grande hall envidraçado situado em meio aos lilases arborescentes que espalham seu perfume desde o mês de abril a ponto de fazer os passantes pararem, sente-se logo que seu proprietário deve ser uma dessas pessoas estranhamente poderosas, com caprichos ou hábitos diante dos quais os poderes devem se vergar e para quem as determinações da polícia e as decisões dos conselhos municipais não passam de letra morta etc."

Mas essa maneira de contar, além de não nos pertencer propriamente, teria o grande inconveniente, se a adotássemos no decorrer de todo este artigo, de lhe dar a extensão de um volume, o que impediria para sempre o acesso ao *Figaro*. Digamos então, brevemente, que o palacete nessa rua é a residência, e esse hall situado em um jardim, o ateliê de uma pessoa estranhamente poderosa, e de fato tão célebre no além-mar como em Paris, cujo nome assinado embaixo de uma aquarela, ou impresso em um convite, torna a aquarela mais procurada que a de qualquer outro pintor, e o convite, mais precioso que o de qualquer outra anfitriã: refiro-me a Madeleine Lemaire. Não preciso falar aqui da grande artista, de quem não sei mais qual escritor disse que fora ela "quem mais havia criado rosas depois de Deus". Criou igualmente paisagens, igrejas, personagens, pois seu extraordinário talento estende-se a todos os gêneros. Gostaria de retraçar rapidamente a história, recriar a atmosfera, evocar o charme desse salão em seu gênero único.

Em primeiro lugar, não se trata de um salão. Foi em seu ateliê que a sra. Madeleine Lemaire começou a reunir alguns de seus colegas e amigos: Jean Béraud, Puvis de Chavannes, Édouard Detaille, Léon Bonnat, Georges Clairin. No princípio, somente eles tiveram a permissão de entrar no ateliê, de vir observar uma rosa, perceber na tela, pouco a pouco – e tão rápido –, as nuances pálidas ou avermelhadas da vida. E, quando a princesa de Gales, a imperatriz da Alemanha, o rei da Suécia, a rainha dos belgas vinham a Paris, pediam para fazer uma visita ao ateliê, e a sra. Lemaire não ousava recusar-lhes a entrada. A princesa Mathilde, sua amiga, e a princesa d'Arenberg, sua aluna, também vinham ali de tempos em tempos. Mas pouco a pouco soube-se que no ateliê ocorriam às vezes pequenas reuniões em que, sem nenhum preparativo, sem nenhuma pretensão de ser uma "festa", cada um dos convidados "fazendo seu trabalho" e contribuindo com seu talento, a pequena festa íntima havia contado com atrações que as "recepções de gala" mais brilhantes não podem reunir. Pois Réjane, encontrando-se ali por acaso ao mesmo tempo que Coquelin e Bartet, sentiu vontade de representar com eles um sainete, Massenet e Saint-Saëns se puseram ao piano e o próprio Mauri dançou.

Toda Paris desejou entrar no ateliê e não conseguiu ali de imediato forçar a entrada. Assim que uma dessas reuniões estava prestes a acontecer, cada amigo da anfitriã vinha com a missão de obter um convite para um de seus amigos, e a sra. Lemaire acabou fazendo com que toda terça-feira de maio a circulação de carros se tornasse quase impossível nas ruas Monceau, Rembrandt e Courcelles, e que certo número de seus convidados ficasse inevitavelmente no jardim, sob os lilases em flor, na impossibilidade de caberem todos no ateliê, entretanto tão vasto, onde a festa acaba de começar. A festa acaba de começar em meio ao trabalho interrompido da aquarelista, trabalho que será retomado na manhã seguinte bem cedo e cuja ambientação deliciosa e simples permanece ali, visível, as grandes rosas vivas "posando" ainda nos vasos cheios de água, diante das rosas pintadas e vivas também, suas cópias, e desde já suas rivais. Ao lado delas, um retrato começado, já magnífico pela bela semelhança, da sra. Kinen, e um outro que, a pedido da sra. d'Haussonville, a sra. Lemaire pinta do filho da sra. de La Chevrelière, nascida Séguier, atraem todos os olhares. A festa mal tem início e a sra. Lemaire já lança um olhar inquieto à sua filha ao ver que já não resta nenhuma cadeira! E, no entanto, esse seria o momento, em outra casa, de oferecer as poltronas; eis que entram sucessivamente o sr. Paul Deschanel, ex-presidente, e o sr. Léon Bourgeois, atual presidente da Câmara dos Deputados, os embaixadores da Itália, da Alemanha e da Rússia, a condessa Greffulhe, o sr. Gaston Calmette, a grã-duquesa Vladimir com a condessa Adhéaume de Chevigné, o duque e a duquesa de Luynes, o conde e a condessa de Lasteyrie, a duquesa viúva d'Uzès, o duque e a duquesa d'Uzès, o duque e a duquesa de Brissac, o sr. Anatole France, o sr. Jules Lemaître, o conde e a condessa d'Haussonville, a condessa Édmond de Pourtalès, o sr. Forain, o sr. Lavedan, os senhores Robert de Flers e Gaston de Caillavet, os brilhantes autores do triunfal *Vergy* e suas amáveis esposas, o sr. Vandal, o sr. Henri Rochefort, o sr. Frédéric de Madrazzo, a condessa Jean de Castellane, a condessa de Briey, a baronesa de Saint--Joseph, a marquesa de Casa-Fuerte, a duquesa Grazioli, o conde e a condessa Boni de Castellane. Isso não para um minuto e logo os recém-chegados, perdendo a esperança de encontrar um lugar, dão a volta pelo jardim e posicionam-se nos degraus da sala de jantar ou empoleiram-se, sem cerimônia, sobre as cadeiras da antessala. A baronesa Gustave de Rothschild, habituada a estar mais bem acomodada no teatro, dependura-se desesperadamente num banquinho sobre o qual subira para ver Reynaldo Hahn, sentado ao piano. O conde de Castellane, outro milionário acostumado a mais conforto, está de pé sobre um sofá bem desconfortável. Parecia que a sra. Lemaire tivesse adotado o lema, como no Evangelho: "Aqui os primeiros são os últimos", ou melhor, os últimos são os que chegaram por último, fossem eles acadêmicos ou duquesas.

Mas a sra. Lemaire, com uma mímica que seus belos olhos e seu belo sorriso tornam completamente expressiva, demonstra de longe ao sr. de Castellane seu desgosto por vê-lo tão mal acomodado. Pois ela tem um fraco por ele, como todo mundo. "Jovem, charmoso, arrastando todos os corações atrás dele", corajoso, bom, rico sem arrogância e refinado sem pretensão, encanta seus partidários e desarma seus adversários (entendemos seus adversários políticos, pois sua personalidade só tem amigos). Repleto de atenções com sua jovem esposa, preocupa-se com a corrente de ar fria que lhe poderia mandar a porta do jardim, deixada entreaberta pela sra. Lemaire para que os convidados entrassem sem fazer barulho.

O sr. Grosclaude, que conversa com ele, espanta-se com a maneira – muito honrável para um homem que poderia se ocupar somente de prazeres – com a qual ele se pôs a estudar tão seriamente as questões práticas que dizem respeito a seu bairro. A sra. Lemaire também parece bastante contrariada ao ver o general Brugère de pé, pois sempre teve simpatia pelo exército. Mas isso se torna mais que uma pequena contrariedade quando vê Jean Béraud não poder sequer entrar no hall; desta vez não consegue se conter, pede às pessoas que bloqueiam a entrada que se levantem, e para o jovem e glorioso mestre, o artista que tanto o novo quanto o velho mundo aclamam, o ser encantador que todos procuram sem poder conquistar, ela faz uma entrada sensacional. Mas como Jean Béraud é também o mais espirituoso dos homens, cada um segura-o quando ele passa, para conversar um instante com ele, e a sra. Lemaire, vendo que não poderá arrancá-lo de todos esses admiradores que o impedem de alcançar o lugar que lhe fora reservado, renuncia com um gesto de desespero cômico e retorna junto ao piano onde Reynaldo Hahn espera que o tumulto diminua para começar a cantar. Perto do piano, um homem do mundo das Letras, ainda jovem e muito esnobe, conversa familiarmente com o duque de Luynes. Ficar encantado por conversar com o duque de Luynes, que é um homem fino e charmoso, não há nada mais natural que isso. Mas ele parece radiante, sobretudo por ser visto conversando com um duque. De modo que não pude deixar de dizer a meu vizinho: "Dos dois, é ele que tem ar de ser 'honorável'".

Um trocadilho cujo sabor escaparia evidentemente aos leitores que não soubessem que o duque de Luynes "atende", como dizem os porteiros, pelo nome de Honoré. Porém, com o progresso da instrução e a difusão das Luzes, podemos pensar que esses leitores, se é que existem ainda, não passam de uma ínfima e, aliás, pouco interessante minoria.

O sr. Paul Deschanel questiona o secretário da legação da Romênia, príncipe Antoine Bibesco, sobre a questão da Macedônia. Todos aqueles que chamam de "príncipe" esse jovem diplomata de tão grande futuro fazem a si próprios o efeito de personagens de Racine, de tanto que seu aspecto mitológico faz pensar em Aquiles ou Teseu. O sr. Mézières, que conversa neste momento com ele, tem ar de um sacerdote consultando Apolo. Mas se, como pretende o purista Plutarco, os oráculos do deus de Delfos eram redigidos em péssima linguagem, não podemos dizer o mesmo das respostas do príncipe. Suas palavras, assim como as abelhas naturais do Himeto, têm as asas rápidas, destilam um mel delicioso e não deixam de ter, apesar disso, certo ferrão.

Todos os anos, retomadas na mesma época (aquela em que os salões de pintura se abrem e a dona da casa tem menos trabalho), parecendo seguir ou trazer com elas a renovação universal, a eflorescência inebriada dos lilases que oferecem gentilmente seu perfume para ser sentido até a janela do ateliê e também diante de sua porta, essas festas da sra. Lemaire tomam às estações cujo retorno imitam, todos os anos idênticas, o encanto das coisas que passam, que passam e que retornam sem poder trazer consigo tudo o que tínhamos, de suas irmãs desaparecidas, amado; o encanto, e com o encanto também a tristeza. Para nós, que há muitos anos já vimos passar tantas dessas festas da sra. Lemaire, dessas festas das terças-feiras de maio – meses de maio então mornos e perfumados, hoje gelados –, pensamos nessas reuniões do ateliê um pouco como em nossas perfumadas primaveras, agora passadas. Como a vida misturava seus encantos, frequentemente nos precipitávamos para as festas do ateliê, talvez não somente pelos quadros que ali iríamos ver e as músicas que ali iríamos ouvir. Corríamos pela calma sufocante das noites serenas, às vezes sob uma dessas chuvas leves e mornas de verão que fazem cair, misturadas às gotas d'água, as pétalas das flores.

É nesse ateliê, repleto de lembranças, que nos encanta num primeiro momento o charme do qual o tempo, pouco a pouco, dissipou, revelando-as, a falsa ilusão e a irrealidade. Foi ali, no decorrer de uma dessas festas, que talvez tenham se estabelecido os primeiros laços de uma afeição que só deveria nos trazer na sequência repetidas traições, até uma inimizade final. Ao nos recordarmos agora, podemos de uma estação à outra contar nossas feridas e enterrar nossos mortos. Cada vez que, a fim de evocá-la, eu vejo no fundo de minha trêmula e terna memória uma dessas festas, hoje melancólica por ter sido repleta de possibilidades não realizadas, parece-me ouvi-la dizer com o poeta: "Segura meu rosto, tenta se puderes encará-lo; eu me chamo aquilo que poderia ter sido, aquilo que *poderia ter sido, mas que não foi*".

A grã-duquesa Vladimir está sentada na primeira fila, entre a condessa Greffulhe e a condessa de Chevigné. Está separada apenas por um curto espaço do pequeno palco elevado no fundo do ateliê, e todos os homens, seja para virem sucessivamente cumprimentá-la, seja para alcançarem seus lugares, têm de passar diante dela; o conde Alexandre de Gabriac, o duque d'Uzès, o marquês Vitelleschi e o príncipe Borghese mostram ao mesmo tempo destreza e agilidade, contornando as banquetas em frente a Sua Alteza, e recuam na direção do palco para saudá-la mais profundamente, sem dar nenhuma olhadela para trás a fim de calcular o espaço de que dispõem. Apesar disso, nenhum deles dá um passo em falso, não escorrega, não cai no chão, não pisa nos pés da grã-duquesa, todo o tipo de inabilidades que fariam, há de se convir, o mais desastroso efeito.

A srta. Lemaire, tão delicada anfitriã, para quem todos os olhares estão voltados em admiração à sua graça, distrai-se, rindo ao escutar o encantador Grosclaude. Mas, no momento em que eu ia esboçar um retrato do célebre humorista e explorador, Reynaldo Hahn faz soar as primeiras notas de *Cimetière* e tenho de deixar para um dos meus próximos "salões" o perfil do autor das *Gaietés de la Semaine*, colunas humorísticas que, de tanto sucesso, evangelizaram Madagascar.

Desde as primeiras notas de *Cimetière*, o público mais frívolo, o auditório mais rebelde, é domado. Jamais, desde Schumann, a música, para pintar a dor, a ternura, o apaziguamento em face da natureza, teve traços de uma verdade tão humana, de uma beleza tão absoluta. Cada nota é uma palavra – ou um grito! A cabeça levemente jogada para trás, a boca melancólica, um pouco desdenhosa, deixando escapar o fluxo ritmado da voz mais bela, mais triste e mais quente que jamais existiu, esse "instrumento musical de gênio" que se chama Reynaldo Hahn enlaça todos os corações, umedece todos os olhos, no arrepio de admiração que ele propaga ao longe e que nos faz estremecer, nos curva todos, um após o outro, numa silenciosa e solene ondulação, como a dos trigos ao vento. Em seguida, o sr. Harold Bauer toca com brio as danças de Brahms. Depois, Mounet-Sully recita versos, depois canta o sr. de Soria. Porém, mais de um ainda está pensando nas "rosas na relva" do cemitério de Ambérieu, inesquecivelmente evocado. A sra. Madeleine Lemaire faz calar Francis de Croisset, que conversa um pouco alto com uma senhora que faz um ar de quem não aprovou a intervenção que acaba de ser lançada a seu interlocutor. A marquesa de Saint-Paul promete à sra. Gabrielle Krauss um leque pintado por ela mesma e em troca arranca-lhe a promessa de que ela cantará *Ich grolle nicht* em uma das quintas-feiras da rua Nitot. Pouco a pouco, os menos íntimos se vão. Aqueles mais ligados à sra. Lemaire prolongam ainda a festa, mais deliciosa por estar mais reservada, e no hall meio vazio, mais perto do piano, podemos, mais atentos, mais concentrados, escutar Reynaldo Hahn repetir uma melodia para Georges de Porto-Riche, que chegou tarde. "Há em sua música algo de delicado (gesto de mão que parece ressaltar o adjetivo) e de doloroso (novo gesto de mão que parece ressaltar ainda mais o adjetivo) que me agrada infinitamente", diz--lhe o autor de *Passé*, isolando cada epíteto como se, ao dizê-los, percebesse sua graça.

Fala, assim, com uma voz que parece feliz ao dizer as palavras, acompanhando sua beleza com um sorriso, jogando-as com uma indolência voluptuosa no canto da boca, como a fumaça ardente e leve de um cigarro adorado, enquanto a mão direita, os dedos juntos, parece estar segurando um. "Em seguida, tudo se apaga, tochas e música de festa", e a sra. Lemaire diz a seus amigos: "Venham cedo na próxima terça-feira, terei Tamagno e Reszké[1]". Ela pode ficar tranquila. Chegaremos cedo.

*Dominique*

---

[1] Os tenores Francesco Tamagno (1850-1905) e Jean de Reszké (1825-1925).

*Le Figaro*

## O SALÃO DA PRINCESA ÉDMOND DE POLIGNAC. MÚSICA DE HOJE. ECOS DO PASSADO
6 de setembro de 1903


"Passado"... Seria impossível, seria um sacrilégio separá-lo totalmente de hoje. Quero dizer que a princesa de Polignac nos censuraria se não disséssemos, antes de tudo, uma palavra sobre o príncipe. "É um príncipe amável o príncipe Hamlet", diz Horácio na tragédia de Shakespeare. "Boa noite, amável príncipe, e que nuvens de anjos embalem cantando teu sono." Infelizmente, há dois anos o príncipe de Polignac entrou para o sono eterno, e sem dúvida os anjos o embalam com esses cantos, indizíveis e litúrgicos, que ele preferia entre todos.

Era um príncipe amável, um grande espírito e um poderoso músico. Sua música religiosa e suas melodias são hoje consagradas pela admiração dos mais refinados. Conhecíamos pouco sua música, mas ele era tão difícil para as apresentações... As salas de concertos lhe causavam horror. O ar livre lhe convinha melhor. A música nos bosques lhe parecia bela.

> ... Uma flauta invisível
> Suspira nos pomares
> A canção mais tranquila
> É a canção dos pastores

disse Victor Hugo. Do mesmo modo, o príncipe de Polignac dizia: "Meu lema na música é 'campos plenos'", mas ele não escrevia "canto plano". Os amigos da condessa

Greffulhe lembram-se de uma reunião que ela quis fazer nos bosques de Varangeville para que ouvissem as músicas do príncipe

> Sob as árvores azuladas pela lua serena,
> onde
> A melodia ainda alguns instantes se prolonga.

Para aqueles que se recordam o quanto as ideias do príncipe de Polignac – não somente em literatura e em artes, mas até em política – eram avançadas, mais avançadas do que aquelas dos jovens mais avançados, é quase um milagre pensar que ele era o filho do reacionário ministro de Carlos x que assinou as famosas ordenanças e foi preso em Ham, em 1830. Foi enquanto estava em Ham que nasceu o príncipe Édmond. A natureza que perpetua as espécies e não prevê os indivíduos deu-lhe um corpo elegante, um rosto enérgico e fino de homem de guerra e homem de corte. Pouco a pouco o fogo espiritual que habitava o príncipe Édmond de Polignac esculpiu sua figura à semelhança de seu pensamento. Mas sua fisionomia continuou aquela de sua linhagem, anterior à sua alma individual. Seu corpo e seu rosto assemelhavam-se a uma torre abandonada que teriam transformado em biblioteca. Lembro-me de que no triste dia de seu enterro, na igreja onde tecidos negros levavam no alto a coroa fechada em escarlate, a única letra era um P. Sua individualidade fora apagada, havia voltado para sua família.

Não era mais que um Polignac.

Seus descendentes pensariam que ele se parecia com seus antepassados e com seus irmãos, e, no entanto, um deles, com uma alma mais parecida com a dele, se demoraria mais tempo diante de seu retrato que dos outros, como diante do retrato de um irmão com quem ele teria, por antecipação, se parecido um dia. De resto, não desprezava a nobreza, mas considerava a do espírito a mais nobre de todas. E em uma noite em que Swinburne[1] (na residência de lady Brooke, se me recordo bem) lhe dizia: "Acredito que minha família seja um pouco aparentada com a sua e fico lisonjeado", foi bem sinceramente do fundo do coração que o príncipe lhe respondeu: "Acredite que, dos dois, o mais honrado desse parentesco sou eu!".

Esse homem cuja vida era perpetuamente voltada para as mais altas finalidades e, pode-se dizer, as mais religiosas, tinha suas horas de descontração, por assim dizer, infantil e extravagante, e os refinados, "que são infelizes", considerariam bem grosseiros os divertimentos a que se entregava esse grande refinado. Era, no entanto, bem divertido quando improvisava, palavras e músicas ao mesmo tempo, durante uma festa. Sob seus dedos, as valsas não paravam e, durante esse tempo, o porteiro anunciava cada visita.

— Seu nome, senhor?
— Sr. Cucheval.
— Não, senhor, estou perguntando seu nome!
— Insolente! Sr. Cucheval.

E o porteiro informa ao dono da casa:

— Senhor barão, esse senhor diz que se chama sr. Cucheval, devo anunciá-lo assim mesmo?
— Ah! Que diabos, vejamos... o que fazer? Espere um instante, vou perguntar à senhora baronesa.

Depois uma grande comoção: acabavam de anunciar o dr. Ricord.

— Ah! É o senhor, doutor, permita, apenas um instante...

---

[1] Algernon Swinburne (1837-1909), poeta inglês que escandalizou a sociedade vitoriana com textos que continham referências sadomasoquistas, homossexuais e suicidas.

— Não, meu amigo, aqui, é impossível, veja bem...
— Nós poderíamos ir um instante até o pequeno salão.
— Não, não, nada de licores, nada de fumo, nada de...

E as valsas continuavam animadamente, permitindo apenas ouvir o diálogo de um casal que trocava reprimendas: "Miserável, esperei-te ontem uma hora no Jardin des Plantes, em frente aos macacos". Não riremos mais dessas loucuras que devem parecer bem frias trazidas assim, mortas... como ele.

Passava seus verões ora em Amphion, na casa da princesa de Brancovan, ora em Bonnétable, na casa do duque de Doudeauville, outras em Chaumont, na casa da princesa Amédée de Broglie. Possuía uma linda propriedade em Fontainebleau, cujas paisagens da floresta haviam-lhe inspirado várias melodias. E, quando eram executadas em sua casa, ao fundo da orquestra passava uma espécie de imensa ampliação luminosa de fotografias tiradas na floresta. Pois, de todas as inovações de hoje, união da música e das projeções, acompanhamento das recitações faladas pela música, ele foi um dos promotores. Quaisquer que tenham sido os progressos ou as imitações vindos depois, a decoração, nem sempre muito harmoniosa, aliás, do palacete da rua Cortambert, permaneceu totalmente "nova". Nos últimos anos gostava, sobretudo, de estar em Amsterdã e Veneza, duas cidades nas quais seu olho de pintor colorista e seu ouvido de músico haviam reconhecido o duplo parentesco da luz e do silêncio. Recentemente havia comprado um belo palácio em Veneza, a única cidade, dizia, onde se pode conversar pela janela aberta sem erguer a voz.

Há uns dez anos, o príncipe casou-se com a srta. Singer, cujos salões anuais de pintura costumavam receber e recompensar as notáveis interpretações. Ele era músico, ela era música, e os dois, sensíveis a todas as formas de inteligência. O único senão é que ela sentia sempre muito calor e ele era extremamente friorento. Não sabia o que aconteceria com ele entre as correntes de ar incessantes e desejadas do ateliê da rua Cortambert. Ele se garantia o melhor que podia, sempre coberto com mantas e cobertores de viagem.

— Que querem que eu faça? – dizia àqueles que ironizavam seus trajes. — Anaxágoras disse: a vida é uma viagem!

Pelo casamento, a srta. Singer, cuja irmã havia esposado o duque Decazes, e que já vivia em um meio muito artístico e elegante, aparentou-se estreitamente às famílias La Rochefoucauld, Croy, Luynes e Gontaut-Biron. A irmã do príncipe de Polignac fora a primeira mulher do duque de Doudeauville. A princesa de Polignac tornou-se então a tia da duquesa de Luynes, nascida La Rochefoucauld, a tia-avó da duquesa de Luynes, nascida Uzès, e da duquesa de Noailles. Da parte dos Mailly-Nesle, o príncipe de Polignac era parente mais próximo ainda da condessa Aimery de La Rochefoucauld e da condessa de Kersaint. As sessões de música do hall da rua Cortambert, sempre admiráveis do ponto de vista musical, onde se ouviam ora execuções perfeitas de música antiga, tais como as representações de Dardanus, ora interpretações originais e fervorosas de todas as últimas melodias de Fauré, da sonata de Fauré, das danças de Brahms, eram também, como se diz na linguagem dos cronistas mundanos, "de uma suprema elegância". Frequentemente realizadas durante o dia, essas festas brilhavam com as mil luzes que os raios de sol, através do prisma das vidraças, criavam no ateliê, e era encantador ver o príncipe conduzir ao seu lugar, que era aquele do bom juiz e do protetor fervoroso, o da beleza-rainha, a condessa Greffulhe, esplêndida e sorridente. De braços dados com o príncipe alerta e cortês, ela atravessava o ateliê deixando um rastro murmurante e encantador despertado pela sua aparição e, assim que a música começava, escutava atenta, com ar ao mesmo tempo imperioso e dócil, com seus belos olhos fixos na melodia ouvida, semelhante a... um grande pássaro dourado que espreita ao longe sua presa.

De uma polidez precisa e encantadora com todos os convidados, víamos a figura do príncipe (a mais refinada que já conhecemos) animar-se de uma alegria e de uma ternura paternais quando entravam as duas incomparáveis jovens que hoje queremos apenas apresentar, reservando-nos a falar delas mais tarde, cujo magnífico e nascente talento já o encantava: a condessa Mathieu de Noailles e a princesa Alexandre de Caraman-Chimay. Esses dois nomes, que ocupam o primeiro lugar na admiração de todos aqueles que pensam hoje, são ricos pelo duplo prestígio da glória literária e da beleza. Que horas encantadoras. O sol iluminava em cheio o mais belo quadro de Claude Monet que eu conheço: *Un champ de tulipes près de Harlem*. O príncipe, antes de seu casamento, em um leilão, o havia cobiçado. "Mas que raiva!", dizia. "Esse quadro me foi tirado por uma americana cujo nome eu execrei. Alguns anos mais tarde casei-me com a americana e tomei posse do quadro!" Essas belas horas, essas festas de elegância e arte voltarão. E para o público nada terá mudado. As famílias La Rochefoucauld, Luynes, Ligne, Croy, Polignac, Mailly-Nesles, Noailles e Olliamson cercam a princesa de Polignac de uma afeição que a morte do príncipe nada mudou e à qual se acrescentou, se podemos dizer, um reconhecimento profundo pelos anos de felicidade que ela deu ao príncipe, ele que era tão bem compreendido por ela, de quem realizou os sonhos artísticos tão afetuosamente durante sua vida, tão piedosamente depois de sua morte. Talvez as mesmas festas alegres de outrora façam ressoar novamente no grande hall músicas que não se assemelham em nada às sonatas de Bach ou aos quartetos de Beethoven que costumava ouvir. E a princesa, para fazer com que seus sobrinhos dancem, encarregará alguns dos amigos do conde Édouard de La Rochefoucauld de se ocuparem do cotilhão, pois o hall da rua Cortambert conheceu dançarinos, desde o sr. Verdé-Delisle até o conde Bertrand d'Aramon e o marquês d'Albufera (que não poderemos mais em breve chamar de dançarino, pois ele prepara, com um volume de memórias sobre sua viagem à Tunísia, um resumo palpitante das lembranças inéditas de um célebre marechal do Primeiro Império, recordações das quais somente o sr. Thiers teve conhecimento e se permitiu utilizar ao escrever *Le Consulat et l'Empire*). Mas, por mais encantadoras que elas renasçam, consagradas à arte ou ao prazer – graves ou fúteis, essas horas tão agitadas! –, algo de insubstituível terá mudado. Não reveremos mais a figura do pensador, a figura do artista, a figura do homem delicadamente espiritual, afetuoso e bom, "um amável príncipe", como diz Horácio. E, como ele, ainda repetimos ao príncipe falecido que tanto amava os cantos angélicos e que os escuta sem dúvida dormindo o sono eterno: "Boa noite, amável príncipe, e que nuvens de anjos embalem cantando teu sono".

*Horatio*

*Le Figaro*

## O SALÃO DA CONDESSA D'HAUSSONVILLE
4 de janeiro de 1904

A partir do momento em que, para o bem da causa, um Renan[1] "clerical" (mais parecido, aliás, que o Renan "anticlerical" do governo) vê pouco a pouco desenhar-se sua fisionomia na imprensa de oposição, as "citações" de Renan estão na ordem do dia. A encantadora "Réponse de la statue", de meu colega sr. Beaunier[2] – passagem que parece à primeira vista de puro conhecimento, mas na qual o pensamento do aparente compilador soube, com uma graça engenhosa de Ariadne, tecer através do labirinto da obra de Renan o fio condutor e sutil –, essa passagem capital fez escola – e nem sempre digna do mestre. Nunca se leu tanto (ou se folheou tanto) *Les souvenirs d'enfance et de jeunesse*, *Drames*, *Dialogues philosophiques*, *Feuilles détachées*. E, como é uma frase de Renan que agora tem o hábito de coroar os "Premiers Paris"[3], vocês me perdoarão por começar com uma frase de Renan uma crônica mundana. Dos dois, editorial político e crônica mundana, talvez não seja o enfoque mundano que Renan tenha achado o mais frívolo.

---

1 Renan é o autor de estudos históricos que questionam dogmas do cristianismo, além de ensaios sobre nacionalismo. Em setembro de 1903, seu nome esteve no centro de uma polêmica na França, quando o governo decidiu erigir uma estátua em sua homenagem em Tréguier, sua cidade natal, na Bretanha. O tributo foi recebido com hostilidade por religiosos, que viram o monumento como símbolo da política de laicização do Estado.
2 André Beaunier (1869-1925), escritor e crítico literário.
3 Seção dos jornais equivalente ao atual editorial.

"Quando uma nação", diz Renan no seu discurso de ingresso na Academia, "tiver produzido o que nós fizemos com nossa frivolidade [...] uma nobreza mais educada que a nossa no século XVII ou XVIII, mulheres mais charmosas que aquelas que eram favoráveis à nossa filosofia [...], uma sociedade mais simpática e mais espirituosa que a de nossos pais, então seremos vencidos."

Essa ideia não é acidental em Renan (aliás, uma ideia pode sê-lo realmente?). No mesmo discurso, em outra parte, em *Drames philosophiques*, em *Reforme intellectuelle et morale*, quando constata que a Alemanha teria muito a fazer para ter uma sociedade como a francesa do século XVII e XVIII e "cavalheiros como aqueles do Antigo Regime", o vemos voltar a ela. Ele voltará até para contradizê-la, o que é uma de suas maneiras favoritas de retomar uma ideia. Ora, tais ideias nos parecem um pouco singulares. O charme dos modos, a polidez e a graça, o próprio espírito têm verdadeiramente um valor absoluto que vale a pena ser levado em conta pelo pensador? Hoje, dificilmente se acredita nisso. E tais ideias perderão gradualmente, para os leitores de Renan, o pouco de sentido que elas ainda podem lhes oferecer.

Se, no entanto, algum jovem leitor de Renan nos dissesse: "Não existem mais esses seres nos quais a herança da nobreza intelectual e moral acabara por modelar o corpo e levar a essa 'nobreza' física da qual nos falam os livros e que a vida não nos oferece? Não poderíamos considerar por um instante, fosse a título de 'sobreviventes' (pode-se ainda ser jovem, não ter ainda vivido muito tempo, e, no entanto, sobreviver, e até mesmo em toda a sua vida não ter jamais vivido, mas sobrevivido), dois exemplares dessa civilização que Renan julgava bastante refinada para justificar de alguma maneira o Antigo Regime e fazê-lo preferir a França superficial à erudita

Alemanha? Não poderíamos ver alguns desses seres, cuja nobre estatura rendia naturalmente uma nobre estátua e cuja escultura depois de sua morte dormia no fundo das capelas, sobre seus túmulos?". Naturalmente, acrescentaria esse leitor, "eu desejaria ver esses dois seres inteligentes senão conduzindo ao menos vivendo a vida de hoje, mas ainda assim aproveitando um pouco das graças da vida de outrora". A esse jovem leitor eu responderia: "Faça com que seja apresentado ao conde e à condessa d'Haussonville". E, se eu quisesse realizar a experiência em condições mais favoráveis, me esforçaria para que a apresentação ocorresse na residência saturada do passado da qual o sr. e a sra. d'Haussonville são somente o prolongamento, a flor e a maturação: em Coppet[4].

Não gostaria de, por uma historieta cujos termos, aliás, não pude garantir, prejudicar, diante daqueles de seu partido, o homem maravilhosamente dotado para o pensamento, para a ação e para a palavra que é o sr. Jaurès[5]. Mas, considerando tudo, quem poderia ofuscar-se por isso? Um dia, o admirável orador jantava na casa de uma senhora cujas coleções são célebres e se extasiava diante de uma tela de Watteau: "Mas, senhor", disse ela, "se seu reino chegar, tudo isso me será tomado" (ela se referia ao reino comunista). Mas então o messias do novo mundo tranquilizou-a com estas palavras divinas: "Mulher, não tema, pois todas as coisas serão deixadas sob a sua guarda; na verdade, conhece-as melhor do que nós, as tem em maior estima, tomaria mais cuidado delas, portanto é

---

4 O castelo de Coppet (do século XIII) situa-se no cantão de Vaud, na Suíça. Em 1784, foi comprado por Jacques Necker (1732-1804), suíço que foi ministro das Finanças do rei Luís XVI na França e pai de Anne-Louise Germaine Necker, escritora, mais conhecida pelo nome de Madame de Staël (1766-1817). Em 1878, o castelo passou para a família d'Haussonville.
5 Jean Jaurès (1859-1914), político francês e importante líder socialista.

justo que seja a senhora quem as guarde". Imagino que em virtude do mesmo princípio, a saber, que as coisas devem ficar com quem as ama e conhece, o sr. Jaurès, em uma Europa coletivista, deixaria ao sr. d'Haussonville a "guarda" de Coppet porque ele o conhece melhor do que ninguém. Antes mesmo da morte da srta. d'Haussonville, que fez com que Coppet passasse para suas mãos, podemos dizer que Coppet já pertencia, por assim dizer, ao sr. d'Haussonville.

Ele "possuía" inteiramente a questão, para não dizer a própria terra. E seu livro, *Le salon de Madame Necker*, escrito naquela época, prova que Coppet era, desde então, seu "por direito de conquista". Viria a ser também "por direito de nascimento". Não que a obra seja a melhor entre as que escreveu o sr. d'Haussonville. Naquela época, o sr. d'Haussonville, o pai, vivia ainda, e o autor de *Salon de Madame Necker* era então somente o "visconde" d'Haussonville. Seu talento era, por assim dizer, "presuntivo". Faltava-lhe o "advento". Ainda não tinha bem em mãos as rédeas de seu estilo, que continuava frouxo e solto aqui e ali no domínio das frases. Sente-se um pouco de negligência. Mais tarde, chegará a esse estilo totalmente dominado, mais conciso e particularmente feliz e que faz dele o mais hábil, o mais perfeito orador, o mais cáustico historiador da Academia. Mas, tal como é, o livro é muito agradável de ler. Sente-se que o futuro proprietário de Coppet já "está em casa". Conta-se que um dos personagens mais vistosos de nossa aristocracia, um dia, ao mostrar seu castelo a um estrangeiro, ouviu deste: "É maravilhoso, vocês realmente possuem admiráveis bibelôs". E o dono do castelo, descontente, respondeu com desprezo eloquente: "Bibelôs! Bibelôs! Bibelôs *para o senhor*! Para mim, são bens de família". Assim, ali onde o estrangeiro que visita Coppet conduzido pelos

Cook vê apenas um móvel que tinha pertencido a Madame de Staël, o sr. d'Haussonville vê a poltrona de sua avó. É delicioso chegar a Coppet em um tranquilo e dourado dia de outono, quando as videiras são de ouro sobre o lago ainda azul, nessa residência um pouco fria do século XVIII, simultaneamente histórica e viva, habitada por descendentes que têm ao mesmo tempo "estilo" e vida.

É uma igreja que já é um monumento histórico, mas onde ainda se celebra a missa. O quarto de Madame de Staël está ocupado pela duquesa de Chartres; o da sra. Récamier, pela condessa de Béarn; o da sra. de Luxembourg, pela sra. de Talleyrand; o da duquesa de Broglie, pela princesa de Broglie. Elas conversam, cantam, riem, fazem corridas de automóvel, jantam, leem, fazem à sua maneira, e sem a afetação de querer imitar, o que faziam as pessoas de outrora; elas vivem. E, nessa continuação inconsciente da vida entre as coisas que foram feitas para ela, o perfume do passado espalha-se, mais penetrante e mais forte que nessas "reconstituições" da "velha Paris", onde, em um cenário arcaico, colocam-se, fantasiados, "personagens da época". O passado e o presente convivem. Na biblioteca de Madame de Staël estão os livros preferidos do sr. d'Haussonville.

Além das pessoas que já nomeamos, veem-se frequentemente em Coppet alguns dos melhores amigos do sr. e da sra. d'Haussonville, seus filhos, o conde e a condessa Le Marois, a condessa de Maillé, o conde e a condessa de Bonneval, seus cunhados e primos, Harcourt, Fitz-James e Broglie. A princesa de Beauvau e a condessa de Briey ali foram outro dia, vindas de Lausanne, assim como a condessa de Pourtalès e a condessa de Talleyrand. De tempos em tempos, o duque de Chartres passa uns dias ali. A princesa de Brancovan, a condessa Mathieu de Noailles, a princesa de Caraman-Chimay, a princesa de Polignac ali ficam quando vêm de Amphion. A sra. de Gontaut, quando vem de Montreux; a baronesa Adolphe de Rothschild, de Pégny. Ali aplaudem às vezes a condessa de Guerne, nascida Ségur. A condessa Greffulhe para ali, a caminho de Lucerna.

Mas, aliás, o requinte de sociedade do sr. e da sra. d'Haussonville é como o dessas águas que são mais deliciosas quando tomadas na própria fonte, mas das quais pode-se muito bem fazer uso em Paris. Todo mundo admira a condessa d'Haussonville, o maravilhoso arrojo de um porte incomparável, que supera, coroa, "culmina", por assim dizer, uma admirável cabeça altiva e doce, com olhos castanhos de inteligência e bondade. Cada um admira a saudação magnífica com a qual ela recebe, plena ao mesmo tempo de afabilidade e de reserva, inclinando para a frente todo o seu corpo num gesto de amabilidade soberana, e, com uma ginástica harmoniosa com a qual muitos ficam desapontados, joga-o para trás exatamente tão longe quanto o havia projetado para a frente. Essa maneira de "manter distância" é, aliás, exatamente a mesma do sr. d'Haussonville, transposta naturalmente no "hábito" (para tomar a palavra no sentido que tinha no século XVII, herdada do latim) de um cumprimento de homem. Como a sra. d'Haussonville, por mais simples que seja, tem uma vida privada bastante reservada, muitos conhecem apenas esse contato nobre e portanto somente podem supor a inteligência e o coração que nela são delicados. O sr. d'Haussonville é certamente mais extrovertido. É o encanto de diversos salões literários onde sua amabilidade, tomada ao pé da letra pelas pessoas que lhe são apresentadas e que em geral estão pouco habituadas a interpretar exatamente o que Balzac teria chamado "o garrancho da polidez", as faz acreditar que terão seguidos encontros com ele. Daí cômicos vexames. Erraríamos, aliás, em acreditar que o sr. d'Haussonville já se deixou dominar por preconceitos de classe. "Eu lhes direi que na sociedade faço parte de um pequeno grupo que não se importa absolutamente com o mérito pessoal", diz um dos personagens desses impressionantes *Trabalhos de Hércules* de Gaston de Caillavet e de Robert de Flers, onde, no meio da mais deliciosa opereta, há soberbas cenas de grande comédia. Nem na sociedade, nem no mundo, o sr. d'Haussonville faz parte desse grupo. O mérito pessoal, para ele, é justamente o que mais conta. E, no salão da rua Saint-Dominique, a abadessa de Remiremont, cujo retrato está pendurado na parede, viu desfilar pessoas de mérito de todos os gêneros e de todos os partidos, das quais muitas não tinham nenhuma descendência nobre comprovada para serem admitidas na sua aristocrática reunião. De todos os "conservadores", o sr. d'Haussonville é o mais sinceramente, o mais corajosamente "liberal". Citarei sua entrevista, muito pouco notada, no momento em que aderiu à Liga da Pátria Francesa, na qual explicava como deviam se conciliar, segundo ele, o amor à pátria e o respeito pela justiça; ou muito recentemente ainda, suas cartas em *L'étape*, de Paul Bourget. Ninguém é mais qualificado que ele para protestar contra as perseguições das quais são vítimas, hoje, os católicos. Pois, ao lado do sr. Anatole Leroy-Beaulieu, não esperou o desencadeamento do "anticlericalismo" para estigmatizar com firmeza todos os outros modos do espírito sectário, que são ora suas decorrências, ora seus precursores.

Sua autoridade lhe valeu ser escolhido como consultor habitual de muitos casos de incerteza literária, formas desse mal que Renan chamava de *morbus litterarius*. Ele é por isso o doutor erudito, sagaz, amável, um pouco minucioso, um pouco alarmista talvez, de tão conscencioso. Suas opiniões, às vezes pessimistas por medo de serem aduladoras, poderiam ter o defeito de desencorajar o talento.

Mas é uma ocasião que, em suma, raramente se apresenta. E elas lhe valem, às vezes, como contrapartida, para prevenir e guiar o talento dos outros no momento em que deixa de exercer o seu. Mas a essa magistratura literária gostaríamos de tê-lo visto, em outros tempos, acrescentar uma magistratura política. Com seu espírito tolerante e generoso, seu coração aberto à piedade, teria sido o ministro-modelo do bom Rei, do príncipe justo e esclarecido.

*Horatio*

*Le Figaro*

## O SALÃO DA CONDESSA POTOCKA
13 de maio de 1904

Parece que, com muita frequência, os romancistas têm pintado, antecipadamente, com uma espécie de exatidão profética até nos detalhes, uma sociedade e até personagens que só deveriam existir muito tempo depois deles. De minha parte, jamais pude ler *Os segredos da princesa de Cadignan*[1], em que vemos que a princesa, "levando agora uma vida muito simples, morava a dois passos do palacete de seu marido que nenhuma fortuna poderia comprar, em um rés do chão onde desfrutava de um lindo jardinzinho repleto de arbustos e cuja grama sempre verde alegrava seu retiro"; nunca pude chegar, em *A cartuxa de Parma*[2], ao capítulo em que vemos que, a partir do dia em que a condessa Pietranera deixou seu marido, "todas as carruagens da alta sociedade continuaram estacionando toda tarde diante da casa onde ela ocupava um apartamento", sem pensar que Balzac e Stendhal haviam, "em virtude de uma força maior", previsto e predito a existência da condessa Potocka, dando-se até ao trabalho de descrever os mais minuciosos detalhes.

Condessa Pietranera! Princesa de Cadignan! Figuras encantadoras! Nem mais "literárias" nem mais "vivas", aliás, tão diferentes da condessa Potocka. Quantas vezes pensei em vós (quero dizer, no âmbito exterior de vossa vida, não na vossa vida, bem entendido) vendo um visi-

---
1 Conto de Honoré de Balzac (1799-1850), de 1839.
2 Romance de Stendhal (1783-1842), de 1838.

tante pouco favorecido tocar no palacete da rua Chateaubriand e receber do porteiro um implacável: "A senhora condessa saiu", enquanto, diante da porta, a carruagem da duquesa de Luynes, passando lentamente, ou o automóvel da condessa de Guerne, parado, diziam claramente que "a senhora condessa" já havia voltado. Para não acrescentar uma humilhação à tristeza do visitante dispensado, esperei que estivesse longe. Somente então me aproximei do porteiro que me concedeu: "A condessa está em casa". Com a porta pesadamente fechada novamente sobre a rua Chateaubriand, parecia que, por algum encantamento, nos encontrávamos a dez léguas de Paris, de tanto que "o pequeno jardim repleto de arbustos e grama" descrito por Balzac desorientava imediatamente a imaginação, dirigindo-se vivamente a ela na linguagem de seu silêncio e no rumor de seus perfumes. Jamais uma área de iniciação fora mais fecunda para se percorrer antes de se aproximar de uma deusa.

No momento em que chegávamos ao hall da condessa, já havíamos abandonado todas as lembranças e todas as preocupações da cidade e do dia. Chegávamos tão diferentes quanto se tivéssemos feito uma longa peregrinação para encontrar uma casa isolada. Mas por razões, muito balzaquianas também, que explicaremos a seguir, esse exílio no próprio coração de Paris não foi suficiente para a condessa. Ela precisava de um exílio efetivo. E é nesse momento, bem no limite de Auteuil, quase na porta de Boulogne, entre os plátanos da rua Théophile-Gautier, as castanheiras da rua La Fontaine e os choupos da rua Pierre-Guérin que, todos os dias, o "pequeno rebanho" da condessa, para falar como Saint-Simon a propósito de Fénelon, é obrigado a ir encontrar a imperiosa amiga que, não tendo necessidade de ninguém, preocupa-se pouco em morar em uma localidade incômoda para todo mundo, e que quis dar uma nova prova de seu desdém pela humanidade e de seu amor pelos animais indo se instalar num lugar onde ela dizia que nenhum ser humano talvez viesse, mas onde ela poderia cuidar de seus cães; pois é assim essa mulher que, devotada quando é amiga, não deixou de professar em toda a sua vida o mais completo desapego por todas as afeições humanas, que mostrou pela humanidade um desprezo de filósofo cínico, duvidando da amizade, fingindo dureza, zombando da filosofia, essa mulher abdica de sua impassibilidade, humilha sua soberba diante dos pobres cachorros mancos que ela recolhe. Para cuidar deles, ficou um ano sem se deitar. Embora possamos dizer dela, como Balzac da princesa de Cadignan, que "ela é hoje uma das mulheres mais bem-vestidas de Paris", ela não se arruma mais, se abandona, se deixa engordar, ocupando-se somente de seus cães. Levanta-se de hora em hora todas as noites para cuidar de uma pobre cadela epilética que ela consegue curar. Só sai por eles, nas horas em que isso lhes agrada, como a grande artista sua amiga, sra. Madeleine Lemaire, que fora à Exposição uma única vez "para que sua Loute visse a Torre Eiffel". E às vezes, no coração do Bois de Boulogne, em uma alameda afastada, na névoa da manhã, "segurando firme sua *collie* que se assusta", seguida e precedida por uma matilha uivante, vemos aparecer a condessa e sua branca beleza semelhante à da indiferente Ártemis, que o poeta nos mostrou na mesma situação.

É a hora em que, pelo espinheiro e a relva,
No meio dos molossos... magnífica,
Invencível, Ártemis aterroriza os bosques.[3]

---
3 Trecho de *La chasse*, de José-Maria de Heredia (1842-1905).

E, como faziam muito barulho em Paris e incomodavam os vizinhos, foi para Auteuil. Mas seu "pequeno rebanho" a seguiu. Todos os seus fiéis, a duquesa viúva de Luynes, a sra. de Brantes, a marquesa de Lubersac, a marquesa de Castellane, a condessa de Guerne, a grande cantora que hoje apenas cito, a marquesa de Ganay, a condessa de Béarn, a condessa de Kersaint, o sr. Dubois de l'Estang, o marquês du Lau – um desses homens de valor, que somente as vicissitudes da política impediram de servir ao primeiro escalão e brilhar nos primeiros lugares –, o encantador duque de Luynes, o conde Mathieu de Noailles – de quem o duque de Guiche acaba de expor no Salão um retrato magnífico de distinção e de vida –, o conde de Castellane (de quem já falamos a propósito do salão da sra. Madeleine Lemaire, e em breve falaremos novamente), o marquês Vittelleschi, o sr. Widor e, finalmente, o sr. Jean Béraud – de quem já descrevemos, nesse mesmo salão da sra. Madeleine Lemaire, a glória, o talento, o prestígio, o charme, o coração, o espírito –, todos iriam até o fim do mundo para reencontrá-la, pois não podem passar sem ela. No máximo, no início, deixaram-na sentir, como ela parecia não reparar, que faziam, para vê-la, uma viagem bastante difícil. "É muito bonito", disse-lhe o conde de La Rochefoucauld na primeira vez que fez a peregrinação. "Teria algo de curioso para visitar nas redondezas?" Entre os visitantes habituais da condessa, havia um cujo nome é particularmente amado pelos leitores deste jornal, acostumados a encontrar em suas crônicas uma espécie de oportunidade filosófica de aplicações surpreendentes, como neste artigo sobre a mania de escrever que atingia, sem a intenção, tantos jovens do mundo desprovidos de vocação literária. É o conde Gabriel de La Rochefoucauld. Todos viram esse ilustre jovem que leva na fronte, como duas pedras preciosas hereditárias, os claros olhos de sua mãe. Mas, antes de lhes dizer eu mesmo, pois não é o hábito aqui que nossos colaboradores elogiem-se uns aos outros, prefiro citar sobre a sua pessoa a opinião de um juiz autorizado. "Terá um extraordinário valor", dizia recentemente o sr. Eugène Dufeuille. "Ele será a glória de seu mundo e será também o escândalo."

Nascida Pignatelli, a condessa Potocka é descendente desse Inocente XII do qual Saint-Simon falou magnificamente. "Era um grande e santo papa, verdadeiro pastor e verdadeiro pai comum, como raramente se vê na cadeira de São Pedro e que carregou os arrependimentos universais, coberto de bênçãos e méritos. Chamava-se Antoine Pignatelli, de uma antiga casa de Nápoles, da qual foi arcebispo quando foi eleito em 12 de julho de 1691... Nasceu em 1615 e foi inquisidor em Malta, núncio na Polônia etc... esse papa cuja memória deve ser preciosa a todo francês e tão singularmente cara à casa reinante" (Saint-Simon, páginas 364 e 365 do tomo II da edição Chéruel). Essa parte da genealogia da condessa Potocka não nos parece indiferente. Parece-me que encontro nela o ardente patriota, o amigo da França, o realista fiel e, se ouso dizê-lo, um pouco também o grande inquisidor que foi seu antepassado. Entre suas amigas heréticas (excluo, naturalmente, uma ou duas, a delicada sra. Cahen, por quem ela tem uma profunda admiração, e a mulher notável que é a sra. Kahn), que leva de bom grado à Ópera, me pergunto às vezes se em outros tempos não teria, com mais prazer ainda, levado à fogueira. Ela tem o espírito liberado de qualquer preconceito, mas fiel às superstições sociais. É repleta de contrastes, riquezas e belezas.

Ela conheceu todos os mais curiosos artistas do fim do século. Maupassant ia todos os dias à sua casa. Barrès, Bourget, Robert de Montesquiou, Forain, Fauré, Reynaldo Hahn, Widor ali ainda vão. Foi também amiga de um filósofo conhecido, e, se foi sempre boa e fiel ao homem, nele amava humilhar o filósofo. Lá ainda reencontro a sobrinha dos papas querendo humilhar a soberba da razão. O relato das peças que pregava, diziam, ao célebre Caro, me faz certamente pensar nessa história de Campaspe obrigando Aristóteles a andar em quatro patas, uma das poucas histórias da Antiguidade que a Idade Média ilustrou em suas catedrais a fim de mostrar a impotência da filosofia pagã em preservar o homem das paixões. Assim, nessas brincadeiras atribuídas pela lenda à condessa Potocka, e nas quais o filósofo espiritualista teria sido a vítima sorridente e resignada, acredito ver, ao lado da alegria napolitana como uma preocupação atávica, uma preocupação inconsciente de apologética cristã. Aqueles que chegaram a vencer os caprichos magníficos desse ser altivo e raro foram tomados, com os sobressaltos maravilhosos de sua amizade, por um hábito tão apaixonante que não conseguem renunciar a essas alegrias, cativantes porque a condessa é sempre ela mesma, quer dizer, o que uma outra não poderia ser, e também atraentes, pois nela existe sempre o desconhecido do minuto que virá, porque ela é, não inconstante, mas, a todo instante, outra.

Compreendemos que ela possa ser bem sedutora com sua beleza antiga, sua majestade romana, sua graça florentina, sua polidez francesa e seu espírito parisiense. Quanto à Polônia que foi também sua pátria (visto que se casou com o homem encantador e bom que é o conde Potocki), ela própria disse o que lhe resta disso numa dessas frases de moleque que contrastam com sua majestade de estátua, com sua voz melodiosa (o mais doce dos instrumentos que sabe tocar esta grande musicista) e que nos permitiremos usar para encerrar. Um dia em que sentia frio e se aquecia, não respondendo aos fiéis que lhe diziam bom-dia, e que, um pouco intimidados por essa ausência de resposta, monologavam com uma voz insistente e constrangida e beijavam respeitosamente a mão que ela lhes abandonava sem parecer se dar conta (sou tal, ó mortal, como um sonho de pedra), mostrou a uma pessoa mais querida o fogareiro junto ao qual veio se aquecer e, por um retorno melancólico ou feliz, não sei, disse: "Meu Choubersky! É tudo que me resta da Polônia!".

*Horatio*

*Le Figaro*

**A CONDESSA DE GUERNE**
7 de maio de 1905

É bastante singular que uma das duas ou três grandes figuras musicais diante das quais os verdadeiros artistas se inclinam inteiramente pertença precisamente ao que seríamos tentados a chamar, se tivéssemos mais consideração ao acaso do nascimento que à realidade do talento: "o mundo dos amadores". Certamente, há muito tempo a condessa de Guerne recebeu provas de grande reconhecimento artístico; e para ninguém, não mais para os artistas que para as pessoas comuns, ela não é em nenhum grau uma amadora, mas uma das duas ou três maiores cantoras vivas. Mas, fato bastante curioso, em uma primeira aproximação, e no fundo bem natural, os artistas percebam isso talvez melhor do que as pessoas comuns.

Sem dúvida, as pessoas comuns conhecem o admirável talento que realçou todos os ambientes elegantes e invocou todos os apelos de caridade. Mas o que tem de mais refinado, quase único, escapa-lhes frequentemente e é sensível somente aos artistas. Tive a oportunidade de ouvir recentemente a sra. de Guerne cantar diante de um músico de pura técnica, professando o horror do mundo e, mesmo no concerto e no teatro, constatando não sem tristeza o quanto é raro ouvir cantar bem. Não acredito, certamente, que ele imaginou ver na sra. de Guerne uma mulher comum razoavelmente dotada para o canto.

Ele já recebera o testemunho e as impressões de muitos grandes e virtuosos artistas. Esperava escutar uma verdadeira, uma grande cantora, porém parecida a tantas outras cuja reputação o havia atraído e cujo talento o havia decepcionado. A sra. de Guerne cantou. De pé, com uma atitude imóvel à qual sua máscara dramática e seu olhar inspirado davam uma espécie de caráter pítico, ela deixou escapar, como calmos temporais, notas que pareciam, por assim dizer, extra-humanas. Digo que as deixava escapar, pois as vozes dos outros cantores são vozes apoiadas na garganta, no peito, no coração, que parecem guardar do comovente contato alguma coisa de humano, quase carnal, e, por mais materiais que sejam, só nos chegam como um perfume que arrastaria com ele algumas pétalas da corola arrancada. Nada disso ocorre com a sra. de Guerne. É provavelmente o único exemplo de uma voz sem suporte físico, de uma voz não somente pura, mas de tal maneira espiritualizada que mais parece uma espécie de harmonia natural, não diria como os suspiros de uma flauta, mas de um caniço ao vento. Diante da produção misteriosa desses sons indefiníveis, o músico de quem eu falava permanecia imóvel, com um sorriso extasiado. A cantora, no entanto, continuava a desfiar "o deslumbrante enxame de notas desiguais". Mas pode-se falar de uma cantora diante dessa harmonia que parecia menos produzida por um artifício humano que emanada de uma paisagem e fazia, na sua graça antiga, inevitavelmente pensar nos versos de Victor Hugo:

Vem! Uma flauta invisível
Suspira nos pomares.
A canção mais tranquila
É a canção dos pastores.

A sra. de Guerne não seria a comovente cantora de hoje se fosse simplesmente à voz de uma calma paisagem grega que sua voz se assemelhasse. Não, é antes com uma paisagem lunar de Monticelli que com uma paisagem de

Teócrito que ela parece expressar o estado da alma, e ela é antes a musicista do "silêncio" de Verlaine que de Moschus. Assim, o charme antigo dessa arte adquire algo de estranhamente moderno. E, sem dúvida, não há nada que interprete tão bem como *Le clair de lune*, de Fauré, essa maravilhosa obra-prima.

Nenhuma música, seríamos quase tentados a dizer, nenhuma dicção intervém aqui para expressar o sentimento confiado apenas à qualidade impressionante do som. É a suprema distinção dessa arte de evitar as nuances fáceis e as transições banais. Nem por isso é menos profunda. Apaga a nobre cinza que cobre voluntariamente essas notas, parecidas a urnas de prata: ali encontrarás piedosamente fechadas e fielmente guardadas todas as lágrimas do poeta.

Aqueles que uma vez ouviram a sra. de Guerne só conseguem com bem poucas outras vozes aliviar o aborrecimento de não mais escutar a sua, e nenhuma pode, em todo caso, trazer-lhes exatamente a doçura particular, aquele brilho polido de prata. Em certos idílios antigos como o admirável *Phyllys*, de Reynaldo Hahn, é a própria flauta de Pã que parece acompanhar no fundo de um bosque sagrado os versos encantadores do poeta. E aqui essa voz não é mais somente... a lira natural, a musa das terras aradas, dos sulcos e do trigo; é uma lira dolorosa que expressa as melancolias do amor e da morte.

Seria muita ingenuidade acreditar que a qualidade natural da voz da sra. de Guerne, somada à força de seu sentimento musical, bastaria para dar essa impressão tão estranha. É preciso ainda uma profunda ciência do canto, ciência escondida, mas necessária, da qual obtemos a colheita doce em sonoridades douradas. E, para se ater a uma parte puramente material da arte do canto, aqueles que não a ouviram cantar com a maravilhosa sra. Kinen o grande duo de *Semiramide*[1] ignoram que ela sabe vocalizar como Patti[2]. Seria injusto não associar ao nome da sra. de Guerne o do conde Henri de Ségur, seu irmão, que é talvez, em termos de compreensão e cultura musicais, o equivalente de sua irmã, mas que, em sua religiosa admiração por ela, limitou toda a sua ambição a ser seu perfeito e fiel acompanhante. Desde a morte de seu pai, o marquês de Ségur, cujo título é hoje portado pelo hábil orador do salão da sra. Geoffrin, um acadêmico do amanhã, a condessa de Guerne mora com seu marido, o conde de Guerne, em uma graciosa residência da avenida Bosquet – foi lá que ouvimos pela primeira vez os coros de *Esther*, talvez o que o sr. Reynaldo Hahn tenha escrito de mais belo até aqui, em que todas as graças da narrativa bíblica e da tragédia raciniana foram transpostas e exaltadas –, residência enobrecida por todos os testemunhos de admiração que os compositores deram à artista, desde Gounod, que lhe dedicou suas melodias, até Hébert, que fez seu retrato; sustentada por leves colunas coríntias, ressoando ora ao som da lira, ora ao da harpa, por uma voz que encanta como uma e emociona como a outra, essa residência feliz parece, ao mesmo tempo, com a casa do sábio e o templo das musas.

*Echo*

---

[1] Ópera de Gioachino Rossini, de 1823, inspirada na peça homômima escrita por Voltaire a partir da lenda de Semíramis da Babilônia.
[2] Adelina Patti (1843-1919), cantora de ópera espanhola.

*Le Figaro*

**SENTIMENTOS FILIAIS DE UM PARRICIDA**
1º de fevereiro de 1907

Quando o sr. Van Blarenberghe, o pai, faleceu, há alguns meses, lembrei-me de que minha mãe havia conhecido bem sua esposa. Desde a morte de meus pais, sou (em um sentido que seria fora de propósito mencionar aqui) menos eu mesmo e mais o filho deles. Sem me afastar de meus amigos, volto-me de bom grado para os deles. E as cartas que escrevo agora são na maioria as que acredito que eles teriam escrito, as que não podem mais escrever e que eu escrevo em seu lugar, felicitações, condolências principalmente para seus amigos que muitas vezes mal conheço. Então, quando a sra. Van Blarenberghe perdeu o marido, eu quis que lhe chegasse um testemunho da tristeza que meus pais teriam sentido. Lembrei-me de que, há muitos anos, eu havia jantado algumas vezes, na casa de amigos comuns, com seu filho. Foi para ele que escrevi, por assim dizer, em nome de meus pais falecidos, muito mais do que em meu. Recebi em resposta a seguinte bela carta, marcada por tão grande amor filial. Pensei que tal testemunho, com o significado que ele recebe pelo drama que o seguiu de tão perto, com o significado que ele lhe dá principalmente, deveria tornar-se público. Eis a carta:

Les Timbrieux, comuna de Josselin (Morbihan)
24 de setembro de 1906

Lamento profundamente, caro senhor, ainda não ter podido lhe agradecer a simpatia que me testemunhou em minha dor.

Queira me desculpar, essa dor foi tamanha que, a conselho dos médicos, durante quatro meses, viajei constantemente. Estou apenas começando, e com um pesar extremo, a retomar a minha vida habitual.

Por mais tarde que seja, quero dizer-lhe que hoje fiquei extremamente sensibilizado com a fiel lembrança que o senhor guardou de nossas antigas e excelentes relações, e profundamente tocado pelo sentimento que o inspirou a falar comigo, assim como com minha mãe, em nome de seus pais tão prematuramente falecidos. Tive a honra de conhecê-los pessoalmente somente muito pouco, mas sei o quanto meu pai estimava o seu e que prazer minha mãe sempre tinha em encontrar a sra. Proust. Achei extremamente delicado e sensível que o senhor tenha nos enviado deles uma mensagem do além-túmulo.

Retornarei em breve a Paris e, se conseguir recuperar-me logo da necessidade de isolamento que me causou até agora o desaparecimento daquele a quem atribuía todo o interesse de minha vida, que dela fazia toda a alegria, ficaria bem feliz em ir cumprimentá-lo e conversar do passado com o senhor.

Muito afetuosamente seu,
H. VAN BLARENBERGHE

Essa carta tocou-me muito, tinha pena daquele que sofria assim, tinha pena dele, tinha inveja dele: ele ainda tinha a mãe para se consolar ao consolá-la. E, se não pude responder às tentativas que fez para me ver, é que fui materialmente impedido. Mas, sobretudo, essa carta modificou, em um sentido mais simpático, a lembrança que havia guardado dele. As boas relações às quais fizera alusão na carta eram, na realidade, relações mundanas bem banais. Tive poucas ocasiões de conversar com ele à mesa em que jantávamos algumas vezes juntos, mas a extrema distinção de espírito dos donos da casa havia ficado e ficou para mim uma garantia certa de que Henri van Blarenberghe, sob uma aparência um pouco convencional e talvez mais representativa do meio em que vivia do que significativa de sua própria personalidade, escondia uma natureza mais original e vivaz. De resto, em meio a esses estranhos instantâneos da memória que nosso cérebro, tão pequeno e tão vasto, armazena em quantidade prodigiosa, se procuro, entre aqueles que figuram Henri van Blarenberghe, o instantâneo que me parece ter ficado mais nítido, é sempre um rosto sorridente que vejo, sorrindo sobretudo com o olhar que era singularmente delicado, a boca ainda entreaberta após ter lançado um sutil gracejo. Agradável e bem distinto, é assim que o "revejo", como se diz com razão. Nossos olhos têm mais participação do que pensamos nessa exploração ativa do passado que se chama recordação. Se, no momento em que seu pensamento vai em busca de algo do passado para fixá-lo, trazê-lo de volta à vida por um instante, olharmos para os olhos daquele que faz um esforço para se lembrar, veremos que eles se esvaziaram imediatamente das formas que os cercam e que refletiam há um instante. "O senhor tem um olhar ausente, está em outro lugar", dizemos e, no entanto, vemos apenas o avesso do fenômeno que ocorre nesse momento no pensamento. Então, os mais belos olhos do mundo não nos tocam mais por sua beleza, eles são somente, para desviar de seu significado uma expressão de Wells, "máquinas de explorar o Tempo", telescópios do invisível, que se tornam de mais longo alcance à medida que envelhecemos. Sentimos tão bem, ao ver se vendar para a lembrança o olhar cansado de tanta adaptação a tempos tão diferentes, muitas vezes tão distantes, o olhar enferrujado das pessoas idosas, sentimos tão bem que sua trajetória, ao atravessar a "sombra dos dias" vividos, irá aterrissar, parece, alguns passos diante delas, mas, na realidade, cinquenta ou sessenta anos atrás. Lembro-me do quanto os olhos encantadores da princesa Mathilde mudavam de beleza quando se fixavam sobre tal ou tal imagem que haviam depositado, *eles mesmos*, sobre sua retina e em sua recordação, tais grandes homens, tais grandes espetáculos do início do século, e é essa a imagem, emanada deles, que ela via e que nós jamais veremos. Eu era tomado por uma impressão de sobrenatural nesses momentos em que meu olhar encontrava o seu, que, com uma linha curta e misteriosa, em uma atividade de ressureição, unia o presente ao passado.

Agradável e bem distinto, dizia eu, é assim que eu revia Henri van Blarenberghe em uma dessas melhores imagens que minha memória havia conservado dele. Mas, após ter recebido essa carta, retoquei essa imagem no fundo de minha lembrança, interpretando, no sentido de uma sensibilidade mais profunda, de uma mentalidade menos mundana, certos elementos do olhar ou dos traços que podiam efetivamente comportar uma acepção mais interessante e mais generosa do que aquela em que me detivera inicialmente. Enfim, quando ultimamente lhe pedi informações sobre um funcionário da companhia Estradas de Ferro do Leste (o sr. Van Blarenberghe era presidente do conselho de administração), por quem um de meus amigos se interessava, recebi a seguinte resposta que, escrita no dia 12 de janeiro último, chegou até mim, devido a mudanças de endereço que ele havia ignorado, somente no dia 17 de janeiro, há menos de quinze dias, menos de oito dias antes do drama:

48, rua de la Bienfaisance,
12 de janeiro de 1907

Caro senhor,
Informei-me junto à Companhia do Leste sobre a possível presença da pessoa X... e de seu eventual endereço. Não encontraram nada. Se o senhor está bem certo do nome, quem o leva desapareceu da companhia sem deixar vestígios; devia estar ligado a ela somente de maneira bem provisória e acessória.

Fiquei realmente muito aflito com as notícias que o senhor me deu sobre o estado de sua saúde desde a morte tão prematura e cruel de seus pais. Se isso puder lhe servir de consolo, direi que, eu também, tenho muitas dificuldades fisicamente e moralmente para me recuperar do abalo que me causou a morte de meu pai. É preciso ter esperanças sempre... Não sei o que me reserva o ano de 1907, mas desejemos que ele nos traga, a um e ao outro, alguma melhora, e que em alguns meses possamos nos ver.

Queira receber, eu lhe peço, meus sentimentos mais sinceros.

H. VAN BLARENBERGHE.

Cinco ou seis dias após ter recebido essa carta lembrei-me, ao acordar, de que queria lhe responder. Fazia um desses frios intensos e inesperados, que são como as "grandes marés" do céu, transpondo todos os diques que as grandes cidades erguem entre nós e a natureza e vindo se chocar contra nossas janelas cerradas, invadindo até nossos quartos, fazendo com que nossos ombros friorentos sintam, por um contato estimulante, o retorno ofensivo das forças elementares. Dias perturbados por bruscas mudanças barométricas, por abalos mais graves. Nenhuma alegria, aliás, em tanta força. Lamentávamos de antemão a neve que iria cair, e as próprias coisas, como no belo verso de André Rivoire, pareciam "esperar a neve". Logo que uma "área de baixa pressão avança para as ilhas Baleares", como dizem os jornais, logo que a Jamaica começa a tremer, no mesmo instante, em Paris, aqueles que sofrem de enxaqueca, reumatismo, asma, os loucos provavelmente também, têm suas crises, de tanto que aqueles que sofrem dos nervos estão unidos, nos pontos mais distantes do universo, pelos laços de uma solidariedade que desejariam frequentemente que fosse menos estreita. Se a influência dos astros sobre pelo menos algumas delas for reconhecida um dia (Framery, Pelletean, citados pelo sr. Brissaud), a quem melhor se aplicaria senão a tais nevróticos o verso do poeta?

E longos fios sedosos o unem às estrelas.[1]

Ao acordar, me dispus a responder para Henri van Blarenberghe. Mas, antes de fazê-lo, quis dar uma olhada no *Figaro*, entregar-me a esse ato abominável e voluptuoso que se chama *ler o jornal* e graças ao qual todas as desgraças e os cataclismos do universo durante as últimas 24 horas, as batalhas que custaram a vida de 50 mil homens, os crimes, as greves, as bancarrotas, os incêndios, os envenenamentos, os suicídios, os divórcios, as cruéis emoções do homem de Estado e do ator, transmutados para nosso uso pessoal, para nós que não estamos interessados, em um deleite matinal, associam-se excelentemente, de maneira particularmente excitante e tônica, à ingestão recomendada de alguns goles de café com leite. Assim que rasgamos, com um gesto indolente, a frágil tira do *Figaro* que, sozinha, ainda nos separava de toda a miséria do globo

---

[1] Verso do poema *Les chaînes*, de Sully Prudhomme (1839-1907).

e desde as primeiras notícias sensacionalistas em que a dor de tantos seres "entra como elemento", essas notícias sensacionalistas que teremos tanto prazer em comunicar logo mais àqueles que ainda não leram o jornal, sentimo-nos de repente alegremente unidos à existência que, no primeiro instante do acordar, nos parecia tão inútil retomar. E, se em alguns momentos algo como uma lágrima umedece nossos olhos satisfeitos, é à leitura de uma frase como esta: "Um silêncio impressionante oprime todos os corações, os tambores marcam o passo, as tropas apresentam as armas, um imenso clamor ressoa: 'Viva Fallières[2]!'". Eis o que nos arranca uma lágrima, uma lágrima que recusaríamos a uma desgraça próxima de nós. Vis comediantes que só se comovem com a dor de Hércules, ou menos do que isso, com a viagem do presidente da República. Nessa manhã, no entanto, a leitura do *Figaro* não foi fácil para mim. Tinha acabado de percorrer com um olhar encantado as erupções vulcânicas, as crises ministeriais e os duelos de malfeitores e começava calmamente a leitura de uma notícia cujo título, "Um drama da loucura", poderia servir muito bem de vivo estímulo das energias matinais, quando de repente vi que a vítima era a sra. Van Blarenberghe, que o assassino, que se matou em seguida, era seu filho Henri van Blarenberghe, cuja carta ainda estava ao meu lado, para responder-lhe: "É preciso ter esperanças sempre... Não sei o que me reserva 1907, mas desejemos que ele nos traga um apaziguamento etc.". É preciso ter esperança sempre! Não sei o que me reserva 1907! A vida não demorou para lhe responder! 1907 ainda nem havia mandado seu primeiro mês do futuro para o passado e já lhe trouxera seu presente, espingarda, re-

---
[2] Armand Fallières (1841-1931), então presidente da República da França (1906-1913).

vólver e punhal, com, em seu espírito, a venda que Atena colocara no espírito de Ájax para que massacrasse pastores e rebanhos dos gregos sem saber o que fazia. "Fui eu quem lançou imagens mentirosas em seus olhos. E ele se atirou, golpeando aqui e ali, pensando matar com suas mãos os Atridas, jogando-se ora sobre um, ora sobre o outro. E eu atiçava o homem dominado pela demência furiosa e o impelia para armadilhas; e ele acaba de voltar, a cabeça encharcada de suor e as mãos ensanguentadas." Enquanto golpeiam, os loucos não sabem, depois, passada a crise, quanta dor! Tecmessa, a esposa de Ájax, diz: "Sua demência acabou, sua ira extinguiu-se como o sopro de Noto. Mas, ao recobrar o espírito, ele está agora atormentado por uma nova dor, pois contemplar os próprios males quando ninguém mais os causou senão ele mesmo aumenta amargamente a dor. Desde que soube o que se passou, ele se lamenta com gritos lúgubres, ele que costumava dizer que era indigno um homem chorar. Fica sentado, imóvel, gritando, e certamente medita contra si próprio algum negro destino". Mas, quando o acesso passou, para Henri van Blarenberghe, não eram rebanhos e pastores degolados que estavam diante dele. A dor não mata em um instante, já que ele não morreu ao ver a mãe assassinada diante dele, já que ele não morreu ao ouvir a mãe agonizante dizer-lhe, como a princesa em Tolstói: "Henri, o que fizeste de mim! O que fizeste de mim!".
"Ao chegar ao patamar que interrompe o lance de escada entre o primeiro e o segundo andar", diz o *Matin*, "eles (os empregados domésticos que, nesse relato, aliás talvez inexato, só são vistos em fuga e descendo as escadas em disparada) viram a sra. Van Blarenberghe, o rosto desfigurado pelo assombro, descer dois ou três degraus gritando 'Henri, Henri, o que fizeste!'. Depois, a infeliz coberta de sangue levou os braços ao alto e desabou com

o rosto no chão... Os empregados, aterrorizados, desceram em busca de socorro." Pouco tempo depois, quatro agentes que eles foram buscar arrombaram as portas trancadas do quarto de Henri van Blarenberghe. Além dos ferimentos que ele fizera em si mesmo com o punhal, todo o lado esquerdo do seu rosto estava dilacerado por um tiro. *O olho pendia sobre o travesseiro.* Aqui não é mais em Ájax que estou pensando. Nesse olho "que pende sobre o travesseiro" reconheço arrancado, no gesto mais terrível e mais belo que nos legou a história do sofrimento humano, o próprio olho do infeliz Édipo! "Édipo irrompe aos brados, vai, vem, pede uma espada... Com gritos horríveis, ele se joga contra as portas duplas, arranca as folhas das dobradiças ocas, precipita-se no quarto onde vê Jocasta pendurada à corda que a estrangulava. E, ao vê-la dessa forma, o infeliz estremece de horror, desfaz o nó da corda, e o corpo de sua mãe, liberado, cai ao chão. Ele arranca então as fivelas de ouro das roupas de Jocasta, fura os próprios olhos abertos dizendo que eles não mais verão os males que havia sofrido e as infelicidades que havia causado e, gritando imprecações, golpeia novamente os olhos com as pálpebras abertas, e suas pupilas sangrando escorrem pelas faces, como uma chuva, um granizo de sangue negro. Ele grita para que mostrem a todos os cadmeus o parricida. Deseja ser expulso dessa terra. Ah! a antiga felicidade era assim chamada por seu verdadeiro nome. Mas, a partir desse dia, nada falta a todos os males que têm um nome, os gemidos, o desastre, a morte, o opróbrio." E, ao pensar na dor de Henri van Blarenberghe quando viu a mãe morta, penso também em outro louco muito infeliz, em Lear abraçando o cadáver de sua filha Cordélia. "Oh! ela partiu para sempre! Está morta como a terra. Não, não, nenhuma vida! Por que um cão, um cavalo, um rato têm a vida, quando você não tem

mais o sopro? Você jamais voltará! Jamais! Jamais! Jamais! Jamais! Olhem! Olhem seus lábios! Olhem-na! Olhem-na!"
Apesar de seus terríveis ferimentos, Henri van Blarenberghe não morre imediatamente. E não posso me impedir de achar muito cruel (embora talvez útil, será que estamos seguros de como foi na realidade o drama? Lembrem-se dos irmãos Karamázov!) o gesto do comissário de polícia (que o *Matin* chama, se não me engano, de sr. Proust). "O infeliz não morreu. O sr. Proust o segurou pelos ombros e disse: 'Está me ouvindo? Responda'. O assassino abriu o olho intacto, piscou um instante e voltou ao coma." A esse comissário cruel tenho vontade de repetir as palavras com as quais Kent, na cena do *Rei Lear*, que eu mencionava precisamente há pouco, detém Edgar, que queria acordar Lear já desmaiado: "Não! Não perturbe sua alma! Oh! deixe-a partir! É odiá-lo querer na roda dessa vida rude segurá-lo por mais tempo!".

Se repeti com insistência esses grandes nomes trágicos, principalmente os de Ájax e Édipo, o leitor deve compreender por que, porque também publiquei estas cartas e escrevi esta página. Quis mostrar em que pura, em que religiosa atmosfera de beleza moral ocorreu essa explosão de loucura e de sangue que nela espirrou sem conseguir manchá-la. Quis arejar o quarto do crime com um sopro que viesse do céu, mostrar que esse *fait-divers* era exatamente um desses dramas gregos, cuja representação era quase uma cerimônia religiosa, e que o pobre parricida não era um monstro criminoso, um ser excluído da humanidade, mas um nobre exemplar de humanidade, um homem de espírito esclarecido, um filho terno e piedoso, que a mais inelutável fatalidade – digamos, patológica, para falar como todo mundo – lançou – o mais infeliz dos mortais – em um crime e uma expiação dignos de permanecer ilustres.

"Acredito com dificuldade na morte", diz Michelet em uma página admirável.[3] É verdade que diz isso a respeito da morte de uma medusa, cuja morte, tão pouco diferente de sua vida, nada tem de incrível, de modo que podemos nos perguntar se Michelet nada fez além de utilizar nessa frase um desses "caldos de cozinha" que possuem bem rapidamente os grandes escritores e graças aos quais estão seguros de poder servir de improviso para sua clientela o deleite particular que ela exige deles. Mas, embora eu acredite sem dificuldade na morte de uma medusa, não posso acreditar facilmente na morte de uma pessoa, mesmo no simples eclipse, no simples declínio de sua razão. Nosso sentimento da continuidade da alma é mais forte. O quê? Esse espírito que, há pouco, com suas visões dominava a vida, dominava a morte, nos inspirava tanto respeito, ei-lo dominado pela vida, pela morte, mais fraco que nosso espírito, que, aconteça o que for, não pode mais se inclinar diante do que se tornou tão rapidamente um quase nada. É assim com a loucura como com o enfraquecimento das faculdades no idoso, como com a morte. O quê? O homem que ontem escreveu a carta que eu citava há pouco, tão educada, tão sensata, esse homem hoje...? O quê? Até para descer ao infinitamente pequeno muito importante aqui, o homem que era muito razoavelmente apegado às pequenas coisas da existência, respondia tão elegantemente a uma carta, realizava tão precisamente uma tarefa, se importava com a opinião dos outros, desejava parecer a eles senão influente ao menos amável, que conduzia com tanta delicadeza e lealdade seu jogo no tabuleiro social!... Digo que isso é muito importante aqui, e, se eu citei toda a primeira parte da segunda carta que,

---

[3] Jules Michelet (1798-1874), escritor francês, em *La mer* (1861), capítulo "Fille des mers".

para ser franco, aparentemente só interessava a mim, é porque essa razão prática parecia ainda mais exclusiva do ocorrido que a bela e profunda tristeza das últimas linhas. Frequentemente, em um espírito já devastado, são os galhos mestres, o topo, que sobrevivem por último, quando todas as ramificações mais baixas já foram podadas pelo mal. Aqui, a planta espiritual está intacta. E há pouco, enquanto copiava essas cartas, desejei poder fazer-vos sentir a extrema delicadeza, mais, a incrível firmeza da mão que havia traçado esses caracteres, irretocáveis e delicados...
"O que fizeste de mim! O que fizeste de mim!" Se desejássemos pensar nisso, talvez não houvesse nenhuma mãe verdadeiramente amorosa que não possa, em seu último dia, frequentemente bem antes, dirigir essa recriminação ao filho. No fundo, envelhecemos, matamos todos os que nos amam pelas preocupações que lhes causamos, pela própria inquieta ternura que inspiramos e colocamos constantemente em alerta. Se soubéssemos ver em um corpo querido o lento trabalho de destruição causado pela dolorosa ternura que o anima, se soubéssemos ver os olhos apagados, os cabelos, por muito tempo indomavelmente negros, serem em seguida vencidos como o resto, embranquecidos, as artérias endurecidas, os rins obstruídos, o coração forçado, vencida a coragem diante da vida, a marcha tornada lenta, pesada, o espírito que sabe não ter mais a esperar, enquanto saltava tão incansavelmente pelas invencíveis esperanças, a própria alegria, a alegria inata e, parecia, imortal, que fazia tão amável companhia à tristeza, para sempre esgotada, talvez aquele que soubesse ver isso, nesse momento tardio de lucidez que as vidas mais enfeitiçadas pela quimera podem ter, pois até mesmo a de Dom Quixote teve o seu, talvez aquele, como Henri van Blarenberghe, quando tirou a vida da mãe a golpes de punhal, recuasse diante do horror de sua vida e se jogaria

sobre uma espingarda para morrer imediatamente. Na maioria dos homens, uma visão tão dolorosa, supondo que sejam capazes de suportá-la, apaga-se bem rapidamente aos primeiros raios da alegria de viver. Mas que alegria, que razão de viver, que vida pode resistir a essa visão? Das duas, qual será a verdadeira, qual será "o Verdadeiro"?

Lembremos que entre os Antigos não havia altar mais sagrado, rodeado de veneração, de superstição das mais profundas, garantia de grandiosidade e glória para a terra que os possuía e a muito custo defendera, que o túmulo de Édipo em Colono e o de Orestes em Esparta, esse mesmo Orestes que as Fúrias tinham perseguido até os pés do próprio Apolo e de Atena dizendo: "Nós expulsamos para longe dos altares o filho parricida".[4]

*Marcel Proust*

---

[4] O último parágrafo foi suprimido do texto pelos editores do *Figaro*.

*Le Figaro*

**DIAS DE LEITURA**

20 de março de 1907

Vocês provavelmente leram *Mémoires de la comtesse de Boigne*. Há "tantos doentes" nesse momento que os livros encontram leitores, até mesmo leitoras. Sem dúvida, quando não podemos sair e fazer visitas, preferimos recebê-las a ler. Mas, "nesses tempos de epidemias", até as visitas que recebemos representam algum perigo. É a senhora que da porta onde se detém por um momento – apenas por um momento –, e de onde, emoldurando sua ameaça, grita: "Vocês não temem a caxumba e a escarlatina? Previno-os de que minha filha e meus netos estão doentes. Posso entrar?"; e entra sem esperar a resposta.

E outra, menos franca, que mostra seu relógio: "Preciso voltar logo: minhas três filhas estão com rubéola; vou de uma a outra; minha inglesa está acamada desde ontem com uma febre alta, e temo ser minha vez de ficar doente, pois me senti mal ao levantar. Mas fiz questão de fazer um grande esforço para vir vê-lo...". Então preferimos não receber muito, e, como não podemos telefonar sempre, lemos. Só lemos em último caso. Para começar, telefonamos muito. E, como somos crianças que brincam com as forças sagradas sem estremecer diante de seu mistério, consideramos o telefone apenas "cômodo", ou melhor, como somos crianças mimadas, consideramos que "não é cômodo", inundamos o *Figaro* com nossas queixas, não achando ainda suficientemente rápida em suas mudanças a admirável magia em que alguns minutos às vezes se passam de fato antes que surja perto de nós, invisível, mas presente, a amiga com quem queríamos falar, e que, permanecendo à sua mesa, na cidade distante onde mora, sob um céu diferente do nosso, com um tempo que não é o que faz aqui, em meio a circunstâncias e preocupações que ignoramos e que ela vai nos dizer, encontra-se de súbito transportada a centenas de léguas (ela e todo o ambiente em que está mergulhada), em nosso ouvido, no momento em que nosso capricho o ordenou. E somos como o personagem do conto de fadas a quem um feiticeiro, ante seu desejo, faz aparecer em um clarão mágico sua noiva, a folhear um livro, a derramar lágrimas ou a colher flores, bem perto dele e, no entanto, no lugar onde ela se encontra então, muito distante.

Para que esse milagre se realize, basta apenas aproximar nossos lábios da prancheta mágica e chamar – algumas vezes um pouco longamente, admito-o – as Virgens Vigilantes, cuja voz ouvimos todo dia sem jamais conhecer-lhes o rosto, que são nossos Anjos da Guarda nessas trevas vertiginosas cujas portas vigiam com ciúmes as Todo-Poderosas através de quem os rostos dos ausentes surgem a nosso lado, sem que nos seja permitido vê-los; basta chamarmos essas Danaides do Invisível, que sem cessar esvaziam, enchem e transmitem as urnas obscuras dos sons, as Fúrias ciumentas que, enquanto murmuramos uma confidência a uma amiga, nos gritam ironicamente "Estou ouvindo!" no momento em que não esperávamos que alguém nos escutasse, as servas irritadas do Mistério, as Divindades Implacáveis, as Senhoritas do Telefone! E, logo que seu chamado ressoou na noite cheia de aparições, para a qual só nossos ouvidos se abrem, um ruído leve – um ruído abstrato –, o da distância suprimida, e a voz de nossa amiga se dirige a nós.

Caso, neste instante, entre por sua janela e venha importuná-la enquanto ela nos fala a canção de um passante,

a buzina de um ciclista ou a fanfarra distante de um regimento em marcha, tudo isso também ressoa distintamente para nós (como para nos mostrar que é exatamente ela que está perto de nós, ela, com tudo que a cerca nesse momento, o que atinge seus ouvidos e distrai sua atenção) – detalhes de verdade, estranhos ao assunto, inúteis em si mesmos, mas necessários para nos revelar toda a evidência do milagre –, traços sóbrios e encantadores de cor local, descritivos da rua e da estrada provincial para as quais sua casa dá, e tais como escolhe um poeta quando deseja, dando vida a um personagem, evocar seu meio à sua volta.
É ela, é sua voz que nos fala, que ali está. Mas como está longe! Quantas vezes não pude escutá-la senão com angústia, como se diante dessa impossibilidade de ver, antes de longas horas de viagem, aquela cuja voz estava tão próxima de meu ouvido, eu sentisse melhor o que há de decepcionante na aparência da mais doce aproximação e a que distância podemos estar das pessoas amadas no momento em que parece que bastaria estendermos a mão para retê-las. Presença real – essa voz tão próxima – na separação efetiva. Mas também antecipação de uma separação eterna. Muitas vezes, ao escutá-la assim, sem ver aquela que me falava de tão longe, pareceu-me que essa voz clamava das profundezas de onde não se retorna, e conheci a ansiedade que me oprimiria um dia, quando uma voz retornaria assim, só e não mais presa a um corpo que eu nunca mais reveria, murmurar a meu ouvido palavras que eu desejaria poder beijar de passagem sobre lábios para sempre em pó.
Eu dizia que, antes de nos decidirmos a ler, procuramos ainda conversar, telefonar, discamos números e mais números. Mas, às vezes, as Filhas da Noite, as Mensageiras da Palavra, as Deusas sem rostos, as caprichosas Guardiãs não querem ou não podem nos abrir as portas do invisível,

o Mistério solicitado permanece surdo, o venerável inventor da tipografia e o jovem príncipe amante de pintura impressionista e de automóveis – Gutenberg e Wagram! – que elas invocam incansavelmente deixam suas súplicas sem resposta; então, como não podemos fazer visitas, como não queremos recebê-las, como as senhoritas do telefone não completam a comunicação, resignamo-nos a nos calar, lemos.

Em algumas semanas apenas será possível ler o novo volume de versos da sra. de Noailles, *Les éblouissements* (não sei se esse título será mantido), ainda melhor que estes livros formidáveis: *Le coeur innombrable* e *L'ombre des jours*, realmente equivalente, me parece, a *Feuilles d'automne* ou a *Fleurs du mal*. Enquanto aguardamos, poderíamos ler essa delicada e pura *Margaret Ogilvy*, de Barrie, magnificamente traduzido por R. d'Humières e que não é outra coisa senão a vida de uma camponesa contada por um poeta, seu filho. Mas não; a partir do momento em que nos resignamos a ler, escolhemos de preferência livros como as memórias da sra. de Boigne, livros que dão a ilusão de que continuamos a fazer visitas, a fazer visitas às pessoas que não pudemos visitar porque ainda não éramos nascidos sob Luís XVI e que, de resto, não serão muito diferentes daquelas que conhecemos, pois levam quase os mesmos sobrenomes que elas, seus descendentes e nossos amigos, os quais, por uma comovente delicadeza para com a nossa fraca memória, conservaram os mesmos nomes e ainda se chamam: Odon, Ghislain, Nivelon, Victurnien, Josselin, Léonor, Artus, Tucdual, Adhéaume ou Raynulphes. Belos nomes de batismo, aliás, e dos quais não deveríamos sorrir; eles provêm de um passado tão profundo que em seu esplendor insólito parecem brilhar misteriosamente como esses nomes de profetas e de santos inscritos abreviados nos vitrais de nossas catedrais. Jehan, ele próprio, embora se assemelhe mais a um nome de hoje, não aparece inevitavelmente como se estivesse traçado em caracteres góticos em um Livro de Horas por um pincel embebido em púrpura, ultramar ou cobalto? Diante desses nomes, o plebeu talvez repetisse a canção de Montmartre:

> Bragança, conhecemos essa figura;
> É preciso que seu orgulho seja profundo
> Para ter se dado... um nome desses!
> Não pode se chamar como todo mundo![1]

Mas o poeta, se é sincero, não compartilha dessa alegria e, de olhos fixos no passado que esses nomes lhe revelam, responderá com Verlaine:

> Eu vejo, eu ouço todas essas coisas
> Em seu nome carolíngio.[2]

Passado muito extenso, talvez. Gostaria de pensar que esses nomes que só chegaram até nós em tão raros exemplares, graças ao apego às tradições que têm certas famílias, foram em outros tempos nomes muito correntes – nomes de plebeus tanto quanto de nobres – e que assim, através das cenas ingenuamente pintadas da lanterna mágica que nos apresentam esses nomes, não é apenas o poderoso senhor de barba azul ou a irmã Ana em sua torre que vemos, mas também o camponês curvado no campo verdejante e os homens de armas cavalgando nas estradas poeirentas do século XIII.

---

[1] Trecho da canção *L'expulsion* (1886), escrita por Maurice Mac Nab com música de Camille Baron.
[2] Versos de *Une sainte en son auréole*, um dos 21 poemas que compõem *La bonne chanson* (1870), de Paul Verlaine.

Sem dúvida, muitas vezes essa impressão medieval dada por seus nomes não resiste ao convívio com aqueles que os usam e que não conservaram nem compreenderam sua poesia; mas seria razoável pedir aos homens que se mostrassem dignos de seus nomes, quando as coisas mais belas têm tanta dificuldade em não ser diferentes dos seus, quando não há um país, uma cidade, um rio cuja visão possa satisfazer o desejo de sonhar que seu nome despertara em nós? A sabedoria seria substituir todas as relações mundanas e muitas viagens pela leitura do *Almanaque de Gota* e dos horários dos trens...

As memórias do fim do século XVIII e do início do XIX, como as da condessa de Boigne, têm de comovente o fato de darem à época contemporânea, aos nossos dias vividos sem beleza, uma perspectiva bastante nobre e bastante melancólica, fazendo delas o primeiro plano da História. Elas nos permitem passar tranquilamente das pessoas que encontramos na vida – ou que nossos pais conheceram – aos pais dessas pessoas que, eles próprios, autores ou personagens dessas memórias, puderam assistir à Revolução e ver Maria Antonieta passar. De modo que as pessoas que pudemos entrever ou conhecer – as pessoas que vimos com os olhos da carne – são como esses personagens de cera de tamanho natural que, no primeiro plano dos panoramas, pisando na relva verdadeira e erguendo no ar uma bengala comprada do comerciante, parecem ainda pertencer à multidão que os observa e nos conduzem pouco a pouco ao cenário pintado ao fundo, ao qual dão, graças a transições habilmente preparadas, a aparência do relevo da realidade e da vida. É assim com essa sra. de Boigne, nascida d'Osmond, que cresceu, nos diz ela, no colo de Luís XVI e de Maria Antonieta; eu vi muitas vezes no baile, quando eu era adolescente, sua sobrinha, a velha duquesa de Maillé, nascida d'Osmond, mais que octogenária, mas ainda deslumbrante com seus cabelos grisalhos que, erguidos na frente, lembravam a peruca de três rolos de um presidente de barrete. E me lembro de que meus pais jantaram muitas vezes com o sobrinho da sra. de Boigne, o sr. d'Osmond, para quem ela escreveu essas memórias e cuja fotografia encontrei entre seus documentos com muitas cartas que ele lhes havia enviado. De modo que minhas primeiras lembranças de baile, presas por um fio aos relatos um pouco mais vagos para mim, mas ainda bem reais, de meus pais, unem-se por um laço já quase imaterial às lembranças que a sra. de Boigne havia guardado e nos conta das primeiras festas às quais ela assistiu: tudo isso tecendo uma trama de frivolidades, poética, entretanto, por que se torna um tecido de sonho, leve ponte, lançada do presente até um passado já distante e que une, para tornar mais viva a história, e quase histórica a vida, a vida à história.

E eis que chego à terceira coluna deste jornal e nem sequer comecei meu artigo! Ele devia se chamar "O Esnobismo e a Posteridade", mas não vou poder deixar esse título, visto que preenchi todo o espaço que me havia sido reservado sem dizer ainda uma só palavra nem sobre Esnobismo nem sobre Posteridade, duas pessoas que vocês pensaram provavelmente nunca ter de encontrar, para a grande felicidade da segunda, e a respeito das quais eu contava lhes apresentar algumas reflexões inspiradas pela leitura das *Mémoires* da sra. de Boigne. Ficará para a próxima vez. E, se então algum dos fantasmas que se interpõem sem cessar entre meu pensamento e seu objeto, como ocorre nos sonhos, vier ainda solicitar minha atenção e desviar do que tenho a lhes dizer, eu o afastarei como Ulisses afastava com a espada as sombras comprimidas à sua volta para implorar uma forma ou um túmulo.

Hoje eu não pude resistir ao chamado dessas visões que eu via flutuar, a meia profundidade, na transparência de meu pensamento. E tentei sem sucesso o que conseguiu tantas vezes o mestre vidreiro quando transportava e fixava seus sonhos, a distância exata em que se manifestaram a ele, entre duas águas agitadas de reflexos escuros e rosa, em uma matéria translúcida em que às vezes um raio cambiante, vindo do coração, podia fazê-los acreditar que continuavam a existir no seio de um pensamento vivo. Como as Nereides que o escultor antigo havia raptado do mar, mas onde acreditavam ainda estar mergulhadas, quando nadavam entre as ondas de mármore do baixo-relevo que o figurava. Errei. Não recomeçarei. Falar-lhes-ei na próxima vez do esnobismo e da posteridade, sem desvios. E, se alguma ideia transversal, se alguma fantasia indiscreta, desejando se imiscuir no que não lhe diz respeito, ameaçar ainda nos interromper, eu lhe suplicarei imediatamente que nos deixe em paz: "Nós estamos conversando, não nos interrompa, senhorita!".

*Marcel Proust*

*Le Figaro*

## UMA AVÓ

23 de julho de 1907

Existem pessoas que vivem, por assim dizer, sem ter forças, como existem pessoas que cantam sem ter voz. São as mais interessantes; elas substituíram a matéria que lhes falta pela inteligência e o sentimento. A avó do nosso caro colaborador e amigo Robert de Flers, a sra. de Rozière, que sepultamos hoje no burgo de Malzieu, era só inteligência e sentimento. Consumida pela perpétua inquietude que é um grande amor que dura toda a vida (seu amor pelo neto), é de se perguntar como ela conseguiu manter sua saúde! Mas ela tinha essa saúde particular dos seres superiores que não a têm e que chamamos vitalidade. Tão frágil, tão leve, superava sempre os mais terríveis saltos da doença e, no momento em que a acreditávamos arrasada, a avistávamos rápida, sempre no topo, seguindo de perto o barco que levava seu neto à celebridade e à felicidade, não para que algo disso respingasse sobre ela, mas para ver se não faltaria nada, se não teria ainda um pouco de necessidade daqueles cuidados de avó, o que no fundo ela bem esperava. É preciso que a morte seja realmente muito forte para ter sido capaz de separá-los!

Eu, que vi suas lágrimas de avó – suas lágrimas de menina – toda vez que Robert de Flers fazia apenas uma viagem, pensava, não sem preocupações em relação a ela, que um dia Robert iria se casar. Ela dizia frequentemente que tinha vontade de casá-lo, mas acredito que dizia isso sobretudo para se acostumar. No fundo, tinha ainda mais medo dessa eventualidade fatal do casamento do que tinha receado sua entrada no colégio e sua partida para o exército. E somente Deus sabe – pois somos corajosos quando somos ternos – o quanto ela havia sofrido nesses dois momentos! Di-lo-ei? Sua ternura pelo neto não me pareceria ser, quando Robert se casasse, uma fonte de tristeza somente para ela: eu pensava naquela que se tornaria sua neta... Uma ternura tão ciumenta nem sempre é doce para aqueles com quem ela tem de dividir... A mulher com quem Robert de Flers se casou realizou com uma simplicidade divina o milagre de fazer desse casamento tão temido uma era de felicidade perfeita para a sra. de Rozière, para ela própria e para Robert de Flers. Os três não se largaram nem discutiram um único dia. A sra. de Rozière dizia expressamente que por discrição não continuaria a morar com eles e iria viver sozinha, mas não acredito que nem ela, nem Robert, nem ninguém jamais pôde seriamente considerar isso possível. Foi somente em um caixão que pudemos levá-la de lá.

Uma outra coisa me parecera que não deveria transcorrer sem grandes dificuldades, mas que, graças ao espírito e ao coração delicioso de Gaston de Caillavet e de sua mulher, passou-se o mais simples e o mais alegremente do mundo. A partir de certo momento, Robert teve um colaborador. Um colaborador! Mas realmente que necessidade teria ele de ter um colaborador, ele, seu neto, ele, que tinha mais talento que todos os escritores que já tinham aparecido sobre a terra? De resto, isso não tinha importância; era certo que nas obras escritas em colaboração tudo que fosse bom seria de Robert e se, por acaso, alguma coisa não fosse tão boa, seria do outro, do audacioso... Muito bem! Nada foi "menos bem" e, no entanto, ela declarou que não era tudo de Robert. Eu não chegaria a dizer que nos triunfos incessantes que marcaram essa colaboração ela pensasse que toda a glória devesse retornar para Caillavet, mas ele teria sido o primeiro a não tolerar isso. E, no harmonioso êxito, ela conciliou os talentos diferentes que sabiam admiravelmente se unir. É que ela era antes de tudo maravilhosamente inteligente e é isso o que ainda torna uma pessoa mais justa. É sem dúvida por isso que a inteligência, que é uma fonte tão grande de males, nos aparece apesar de tudo como tão generosa e tão nobre: é que nós sentimos que somente ela sabe honrar e servir à Justiça. "São dois poderosos deuses."

Ela não saía mais de seu leito ou de seu quarto do que Joubert, Descartes, ou ainda outras pessoas que acreditam ser necessário à saúde ficar deitadas, sem ter para isso a delicadeza de espírito de um nem o poder de espírito do outro. Não é para a sra. de Rozière que digo isso. Chateaubriand dizia que Joubert ficava constantemente deitado com os olhos fechados, mas que nunca esteve tão agitado e não se cansou tanto como nesses momentos. Pela mesma razão, Pascal jamais conseguiu, nesse ponto, seguir os conselhos que lhe deu Descartes. É assim com muitos dos doentes a quem recomendamos o silêncio, mas – assim como a juventude do neto da sra. de Sévigné – seu pensamento "lhes faz barulho". Ela se preocupava tanto em se tratar que talvez fizesse melhor tomar simplesmente o partido tão complicado de ter boa saúde. Mas isso estava acima de suas forças. Nos últimos anos seus olhos encantadores, que tinham cor de jacinto, refletindo cada vez mais o que se passava nela, cessaram de lhe mostrar o que se passava em volta: tornara-se quase cega. Ao menos ela o assegurava. Mas eu bem sabia que, se Robert estivesse apenas um pouco abatido, ela era sempre a primeira a perceber! E, como não precisava ver nada além dele, ficava feliz. Nunca amou nada, para usar a expressão de Malebranche, além dele. Era seu deus.

Sempre foi indulgente com seus amigos, e também severa, pois nunca os achava dignos dele. Com ninguém ela foi mais indulgente do que comigo. Tinha um jeito de me dizer: "Robert te ama como um irmão", que significava ao mesmo tempo: "Não faria mal em procurar merecê-lo", e "você o merece, apesar de tudo, um pouquinho". Levava a cegueira no que me dizia respeito até encontrar um talento em mim. Ela se dizia, sem dúvida, que qualquer um que tivesse convivido tanto com seu neto não poderia deixar de tomar um pouco do dele.

Amizades tão perfeitas como a que unia Robert de Flers à sua avó não deveriam jamais acabar. Como! Dois seres tão inteiramente complementares que não existia nada em um que não achasse no outro sua razão de ser, sua meta, sua satisfação, sua explicação, seu terno comentário, dois seres que pareciam a tradução um do outro, ainda que cada um deles fosse um original; esses dois seres não poderiam senão se encontrar, um instante, por acaso, no infinito dos tempos, onde não seriam mais nada um para o outro, nada de mais particular entre eles do que há entre milhares de outros seres? Seria realmente necessário pensar assim? Todas as letras desse livro espiritual e ardente que era a sra. de Rozière subitamente tornaram-se caracteres que não significam mais nada, que não formam mais nenhuma palavra? Aqueles que, como eu, tomaram demasiadamente cedo o hábito de gostar de ler nos livros e nos corações jamais poderão acreditar completamente nisso...

Tenho certeza de que desde muito tempo Robert e ela, sem nunca dizê-lo, deviam pensar no dia em que se separariam. Tenho certeza também de que ela gostaria que ele não sofresse... Essa será a primeira satisfação que ele lhe terá negado...

Desejei lhe dizer, em nome dos amigos de Robert de Flers – esses jovens amigos dela –, o que não pude chamar um último adeus, pois sinto que lhe diria muitos outros, e depois, para falar exatamente, não dizemos jamais verdadeiramente adeus aos seres que amamos, porque jamais os deixamos completamente.

Nada dura, nem mesmo a morte! A sra. de Rozière mal está enterrada e já recomeça a se dirigir tão vivamente a mim que não posso me impedir de falar dela. Se pensam que eu o fiz por momentos com um sorriso, não acreditem que por isso tenha tido menos vontade de chorar. Ninguém teria me compreendido melhor que Robert. Ele teria feito como eu. Ele sabe que os seres que mais amamos, jamais pensamos neles, no momento em que mais choramos, sem lhes dirigir apaixonadamente o mais terno sorriso do qual somos capazes. Será para tentar enganá-los, acalmá-los, dizer-lhes que podem ficar tranquilos, que teremos coragem para fazê-los acreditar que não estamos infelizes? Ou será que esse sorriso não é nada mais que a própria forma do interminável beijo que lhes damos no Invisível?

*Marcel Proust*

*Le Figaro*

**GUSTAVE DE BORDA**
26 de dezembro de 1907

O sr. Gustave de Borda, que faleceu na semana passada e que era principalmente conhecido e lendário sob a alcunha de "Borda Golpe de Espada", tinha efetivamente passado a vida com a espada na mão, temível com os malvados, mas doce com os bons e compassivo com os infelizes, como um cavaleiro do Romanceiro ao qual se assemelhava. Condecorado pela bela conduta durante a guerra, ele era célebre por seus talentos de esgrimista sem igual e seus inumeráveis duelos. O que se sabe menos é que só usava sua extraordinária destreza com a espada para moderar os efeitos de sua força, da qual jamais abusou.

Poderia ter sido o mais perigoso dos inimigos; mas, como era o melhor dos homens, sempre foi o mais moderado, o mais justo, o mais humano, o mais cortês dos adversários. São os costumes, e não as opiniões, que fazem as virtudes; a bravura fez desses pacíficos, como Borda; o pacifismo não fará isso. O convívio e o exemplo de tal homem ensinavam a não temer a morte, a aproveitar ainda mais a vida. Sua simpatia, sua bondade eram deliciosas, pois sentíamos que o medo, o interesse, a fraqueza ali não entravam por nada, que era o dom voluntário e puro de uma alma verdadeiramente livre. De um espírito encantador e rico, tinha um gosto vivo e natural pelas artes, pela música, sobretudo, que apreciava simples como convém a um velho bravo. Stendhal, que tinha participado da campanha da Rússia, não preferia a música italiana a todas as outras? Esse maravilhoso duelista que era o sr. de Borda foi também, com uma competência sem igual, com uma fineza e bondade raras, uma incomparável testemunha. Foi preciso a fadiga dos últimos anos para impedi-lo de continuar a ir a campo como testemunha de seus amigos, quando passou a idade de ali estar como combatente. A última pessoa, se nossa memória é exata, que ele assistiu em campo na qualidade de testemunha foi nosso colaborador, sr. Marcel Proust, que sempre manteve por ele um verdadeiro culto. O sr. Gustave de Borda teve por amigos tudo o que conta em Paris pelo coração, pelo nascimento ou pelo pensamento. Mas aquele que lhe era mais caro de todos, além de seu médico e amigo, o doutor Vivier, era o grande pintor Jean Béraud. O sr. de Borda sentia nesse maravilhoso artista uma natureza que, por aspectos menos conhecidos do público, pela bravura e coração, era próxima da sua. Reconhecia nele um de nossos últimos cavalheiros.

*D.*

*Le Figaro*

## A CHEGADA DA PRIMAVERA, PILRITEIROS BRANCOS, PILRITEIROS COR-DE-ROSA
21 de março de 1912

Lia, outro dia, a respeito desse inverno relativamente suave – que termina hoje –, que houve invernos nos séculos passados em que desde fevereiro floresciam os pilriteiros. Meu coração disparou ao ler esse nome que é o do meu primeiro amor por uma flor.

Ainda hoje retomo para olhá-los, a idade e o coração que eu tinha quando os vi pela primeira vez. Por mais longe que eu aviste em uma sebe sua gaze branca, renasce a criança que eu era então. Assim, a impressão fraca e nua que, sozinha, outras flores despertam em mim, encontra-se reforçada, no caso dos pilriteiros, por impressões mais antigas e mais jovens que a acompanham como as vozes frescas dessas coristas invisíveis que em certas representações de gala servem para sustentar e estofar a voz cansada de um tenor idoso, enquanto ele canta uma dessas melodias de outrora. Então, se me detenho pensativamente a fitar os pilriteiros, é que não é minha visão apenas, mas minha memória, toda a minha atenção que estão envolvidas. Tento identificar qual é essa profundeza na qual me parecem se destacar as pétalas e que acrescenta como um passado, como uma alma à flor; porque penso reconhecer ali cânticos e antigos luares.

Foi no mês de Maria que eu vi, ou notei, pela primeira vez, os pilriteiros. Inseparáveis dos mistérios de cuja celebração eles participavam como as preces, pousados diretamente sobre o altar, eles faziam correr em meio aos candelabros e vasos sagrados seus ramos atados horizontalmente uns aos outros em um arranjo de festa, ainda mais belos com os festões de sua folhagem sobre a qual eram salpicados em profusão, como sobre uma cauda de vestido de noiva, pequenos botões brancos. Mais acima se abriam suas corolas, segurando tão descuidadamente como um último e vaporoso enfeite o buquê de estames que as enevoava por inteiro, e, ao tentar reproduzir em meu íntimo o gesto de sua eflorescência, eu o imaginava, sem me dar conta, como os movimentos desatentos de uma moça distraída e vivaz. Quando me ajoelhei, antes de partir, diante do altar, senti, ao me levantar, exalar das flores um odor amargo e doce de amêndoas. Apesar da silenciosa imobilidade dos pilriteiros, esse odor intermitente era como o murmúrio de sua vida intensa, cujo altar vibrava como uma sebe agreste visitada por vivas antenas, nas quais se pensava ao ver certos estames quase ruivos que pareciam ter guardado o ímpeto primaveril, o poder irritante de insetos, hoje metamorfoseados em flores.

Nessas noites, ao sair do mês de Maria, quando o tempo estava bom e havia luar, em vez de voltar diretamente para casa, meu pai, por amor à glória, obrigava-nos a fazer pelo Calvário um longo passeio que a pouca capacidade de minha mãe para se orientar e reconhecer o caminho a fazia considerar como sendo a proeza de um gênio estratégico. Voltávamos pelo bulevar da estação onde se encontravam os mais belos palacetes da comuna. Em cada jardinzinho, o luar, como Hubert Robert, semeava seus truncados degraus de mármore branco, seus chafarizes, suas grades entreabertas. Sua luz havia destruído o edifício do *Télégraphe*. Dele subsistia apenas uma coluna meio quebrada, mas que conservava a beleza de uma ruína imortal. No silêncio que nada absorvia, destacavam-se por momentos, perfeitamente executados, ruídos que vinham de muito longe, imperceptíveis, mas detalhados com tal "acabamento" que pareciam dever esse efeito de distância somente a seu pianíssimo: como esses trechos em surdina, tão bem executados pela orquestra do Conservatório que, sem contudo perder uma nota, parecia que os ouvíamos bem longe da sala de concerto, e que os velhos assinantes, encantados, escutavam com atenção como se estivessem ouvindo o avanço longínquo de um exército em marcha que ainda não teria virado a esquina da rua de Trévise. Eu estava me arrastando, caindo de sono, o perfume das tílias que se espalhava pelo ar parecia-me como uma recompensa que só se poderia obter ao preço dos maiores cansaços e que não valia a pena. De repente, meu pai nos parava e perguntava à minha mãe: "Onde estamos?". Esgotada pela caminhada, mas orgulhosa dele, ela lhe confessava ternamente que não tinha a menor ideia. Ele dava de ombros e sorria. Então, como se o houvesse tirado do bolso do paletó, junto com sua chave, ele nos mostrava erguido diante de nós o portãozinho do fundo de nosso jardim que viera, com sua esquina, esperar-nos no fim desses caminhos desconhecidos. Minha mãe dizia-lhe com admiração: "És extraordinário!". A partir desse instante, não tinha de dar mais um passo, o solo andava por mim nesse jardim onde desde muito tempo meus atos tinham cessado de ser acompanhados de atenção voluntária: o Hábito vinha tomar-me em seus braços e me carregava até a minha cama como uma criancinha.

Um domingo, depois do almoço, indo ao encontro de meus pais em um caminho que subia para o campo, encontrei-o vibrando com o odor dos pilriteiros. A sebe formava como que uma sequência de capelas que desapareciam sob a profusão de flores amontoadas em um altar; abaixo delas, o sol pousava no chão um quadriculado de luz, como se acabasse de atravessar um vitral; seu odor espalhava-se tão untuoso, tão delimitado em sua forma como se eu estivesse diante do altar da Virgem, e as flores, tão enfeitadas, seguravam, distraidamente, seu resplandecente buquê de estames, finas e radiantes nervuras de estilo flamboyant como as que, na igreja, recortavam o guarda-corpo da tribuna ou as travessas do vitral, e que desabrochavam em alva carne de flor de morangueiro. Tão ingênuas e camponesas, em comparação, pareciam as eglantinas que, nessa tarde quente de domingo, subiam ao lado delas, em pleno sol, pelo caminho rústico, com a seda lisa de seu corpete avermelhado que com um sopro se desmancha.

Porém, por mais que ficasse diante dos pilriteiros a respirar, a apresentar a meu pensamento, que não sabia o que fazer com ele, a perder, a reencontrar seu invisível e fixo odor, a me unir ao ritmo que lançava suas flores, aqui e ali, com uma alegria juvenil e a intervalos inesperados como certos intervalos musicais, eles me ofereciam indefinidamente o mesmo encanto com uma profusão inesgotável, mas sem me deixar aprofundá-lo mais como essas melodias que tocamos cem vezes seguidas sem ir mais a fundo em seu segredo. Eu me desviava deles por um momento para abordá-los a seguir com forças renovadas. Eu perseguia até no talude que, por trás da sebe, subia em forte aclive em direção aos campos, alguma papoula perdida, algumas centáureas que haviam ficado preguiçosamente para trás, que o decoravam aqui e ali com suas flores como a borda de uma tapeçaria onde aparece, esparso, o motivo agreste que triunfará no painel; raras ainda, espaçadas como as casas isoladas que anunciam a proximidade de um vilarejo, elas me anunciavam a imensa extensão onde os trigais ondeiam, onde as nuvens se encarneiram, e a visão de uma única papoula içando ao alto de sua cordoalha e fazendo tremular ao vento sua flâmula rubra acima de sua boia oleosa e negra fazia bater meu coração, como ao viajante que vê em um terreno baixo uma primeira barca virada que um calafate repara e exclama, antes mesmo de tê-lo avistado: "O mar!".

Depois retornava para junto dos pilriteiros, como para junto dessas obras-primas que pensamos ver melhor quando cessamos de olhá-las por um momento. Então, dando-me essa alegria que experimentamos quando vemos de nosso pintor favorito uma obra que difere daquela que conhecemos ou então quando nos levam diante de um quadro de que apenas havíamos visto um esboço a carvão, ou quando um trecho ouvido somente ao piano nos aparece em seguida revestido das cores da orquestra, meu avô me chamou e, apontando a sebe de um parque cuja borda acompanhávamos , me disse: "Você que gosta dos pilriteiros, olhe um pouco para esse cor-de-rosa! Como é belo!". De fato era um pilriteiro, porém cor-de-rosa, ainda mais bonito que os brancos. Ele também tinha um traje de festa – as únicas festas verdadeiras, que são as religiosas, uma vez que não há um capricho contingente que as atribua, como as festas mundanas, a um dia qualquer que não lhes é especialmente destinado, que não têm nada de essencialmente festivo –, mas um traje ainda mais rico, pois as flores, presas ao ramo, umas acima das outras, de modo a não deixar nenhum espaço que não fosse decorado, como pompons que engrinaldam um cajado rococó, eram "de cor", consequentemente de qualidade superior, segundo a estética de nosso vilarejo, a se julgar pela escala de preços no "armazém" da praça ou na mercearia, onde eram mais caros os biscoitos cor-de-rosa.

E justamente essas flores haviam escolhido um desses tons de coisa comestível, ou de terno embelezamento em um vestido para uma grande festa, que, por apresentar a razão de sua superioridade, são as que parecem mais evidentemente belas aos olhos das crianças e, por isso, guardam sempre para elas algo de mais vivo e mais natural que as outras cores, mesmo depois de compreenderem que nada prometiam à sua gulodice e não haviam sido escolhidas pela costureira. E, certamente, eu logo o havia sentido, como diante dos pilriteiros brancos, porém com mais deslumbramento, que não era de modo factício, por um artifício de fabricação humana, que a intenção de festividade estava traduzida nas flores, mas tinha sido a natureza que, espontaneamente, a havia expressado com a ingenuidade de uma vendedora de vilarejo trabalhando em um altar, sobrecarregando o arbusto com essas rosinhas de um tom demasiado suave e de um pompador provinciano. No alto dos ramos, como outras tantas dessas pequenas roseiras com seus potes envoltos em papel rendado, cujas hastes delgadas, nas grandes festas, brilhavam no altar, fervilhavam mil botõezinhos de um tom mais pálido que, ao se entreabrirem, deixavam ver, como ao fundo de um vaso de mármore cor-de-rosa, vermelhas sanguinas, e traíam, ainda mais que as flores, a essência particular irresistível do pilriteiro que, onde quer que brotasse, que florescesse, só poderia fazê-lo em cor-de-rosa. Intercalado na sebe, mas tão diferente dela como uma jovem trajando um vestido de festa em meio a pessoas vestidas para ficar em casa, pronto para o mês de Maria, do qual já parecia fazer parte, assim brilhava, sorrindo em sua fresca toalete cor-de-rosa, o arbusto católico e delicioso.

Naquele ano, quando, um pouco mais cedo que de costume, meus pais marcaram a data de retorno a Paris, na manhã da partida, como haviam encrespado meus cabelos para ser fotografado, haviam me colocado com todo o cuidado um chapéu que nunca usara antes e uma capa de veludo, minha mãe, depois de ter me procurado por toda parte, encontrou-me em prantos naquela ladeira, dizendo adeus aos pilriteiros, envolvendo com meus braços os ramos espinhosos e – como uma princesa de tragédia a quem pesavam os vãos ornamentos, ingrato para com a inoportuna mão que, formando todos aqueles laços, tivera o cuidado de ajeitar meus cabelos na minha testa – pisoteando meus papelotes arrancados e meu chapéu novo. Minha mãe não se comoveu com minhas lágrimas, mas não pôde conter um grito ao ver o chapéu amassado e a capa perdida. Eu não a ouvia. "Oh! meus pobres pilriteirinhos!", eu dizia em prantos, "só vocês não me dariam desgosto, não me obrigariam a partir. Vocês nunca me magoaram! Assim sempre os amarei." E, enxugando minhas lágrimas, eu prometia-lhes que, quando crescesse, não imitaria a vida insensata dos outros homens e, mesmo em Paris, nos dias de primavera, em vez de fazer visitas e ouvir tolices, iria para o campo ver as primeiras flores dos pilriteiros.

*Marcel Proust*

*Le Figaro*

**RAIO DE SOL NA SACADA**
4 de junho de 1912


Acabo de afastar a cortina: na sacada, o sol espalhou suas almofadas macias. Não sairei; esses raios não me prometem nenhuma felicidade; por que sua visão logo me acariciou como uma esperança – uma esperança de nada, uma esperança destituída de qualquer objeto e, no entanto, no estado puro, uma tímida e doce esperança?


Quando eu tinha 12 anos brincava nos Champs-Élysées com uma menina que eu amava, que nunca mais vi, que se casou, que hoje é mãe de família e cujo nome li outro dia entre os assinantes do *Figaro*. Mas, como eu não conhecia seus pais, só podia vê-la ali, e ela não aparecia todos os dias por causa de aulas, catecismo, lanches, matinês infantis, compras com a mãe, toda uma vida desconhecida, repleta de um encanto doloroso, porque era a dela e a separava de mim. Quando sabia que ela não viria, arrastava minha preceptora em peregrinação até a frente da casa onde minha amiga morava com os pais. E estava tão apaixonado por ela que, se visse sair seu velho mordomo para passear com um cachorro, eu empalidecia, tentava em vão controlar os batimentos de meu coração. Seus pais produziam em mim uma impressão ainda maior. Sua existência conferia algo de sobrenatural ao mundo e, quando soube que havia uma rua em Paris onde às vezes o pai de minha amiga podia ser visto indo ao dentista, essa rua pareceu-me tão maravilhosa quanto, para um camponês, um caminho que diziam ser visitado por fadas, e ali ia me postar durante longas horas.

Em casa, meu único prazer era conseguir, por meio de subterfúgios, fazer com que se pronunciasse seu nome ou sobrenome, ou pelo menos o da rua onde ela morava; evidentemente, eu os repetia mentalmente sem parar, porém também tinha a necessidade de ouvir sua deliciosa sonoridade e de fazer tocar essa música cuja leitura muda não me era mais suficiente; mas, como meus pais não tinham essa percepção adicional e momentânea que o amor confere e que me permitia captar mistério e volúpia em tudo que cercava essa menina, eles achavam minha conversa inexplicavelmente monótona. Temiam que, mais tarde, eu ficasse bobo e – como procurava curvar os ombros para me parecer com o pai de minha amiga – corcunda, o que parecia ainda pior.

Às vezes, o horário habitual de sua chegada aos Champs-Élysées havia passado sem que ela ainda estivesse lá. Desesperava-me quando, entre o teatro de marionetes e o carrossel, o surgir tardio mas bem-aventurado da pluma violeta de sua preceptora vinha me atingir como uma bala em pleno coração. Brincávamos. Parávamos somente para ir até a moça da venda, onde minha amiga comprava um pirulito e frutas. Como ela gostava de história natural, escolhia de preferência as bichadas. Eu olhava com admiração, luminosas e cativas, em uma gamela isolada, as bolinhas de gude que me pareciam preciosas por serem risonhas e loiras como moças e porque custavam 50 centavos cada uma.

A preceptora de minha amiga usava uma capa de chuva. Ai de mim! Meus pais se recusaram, apesar de minhas súplicas, a dar uma dessas para a minha, nem sequer um penacho violeta. Infelizmente essa preceptora temia muito a umidade – para ela. Quando o tempo, mesmo no mês de janeiro, estava bonito, eu sabia que veria minha amiga; e se, de manhã, ao entrar para dar bom-dia à minha mãe, eu ficasse sabendo, ao ver uma coluna de poeira erguida acima do piano e ao ouvir um realejo tocar sob a janela *En revenant de la revue*[1], que o inverno recebia até à noite a visita inesperada e radiosa de um dia de primavera; se, ao longo da rua, eu visse as sacadas destacadas pelo sol flutuando diante das casas como nuvens de ouro, ficava feliz! Mas em outros dias o tempo era incerto, meus pais haviam dito que ainda poderia abrir, que para isso bastaria um raio de sol, mas era mais provável que chovesse. E, se chovesse, de que adiantaria ir aos Champs-Élysées? Então, após o almoço, eu interrogava ansiosamente o céu incerto e nublado da tarde. Ele continuava sombrio. Diante da janela, a sacada estava cinzenta.

De repente, sobre sua pedra soturna, eu não via uma cor menos apagada, mas sentia como que um esforço para uma cor menos apagada, a pulsação de um raio hesitante que desejaria libertar sua luz. Um instante depois, a sacada estava pálida e reflexiva como uma água matinal e mil reflexos da grade de ferro forjado tinham vindo pousar ali. Um sopro de vento os dispersava, a pedra se escurecia novamente, mas, como se fossem treinados, eles voltavam; ela recomeçava a clarear imperceptivelmente e, por um desses crescendos contínuos como aqueles que, na música, no fim de uma abertura, levam uma única nota até o fortíssimo supremo fazendo-a passar rapidamente por todos os graus intermediários, eu a via atingir o dourado inalterável e fixo dos dias bonitos, sobre o qual a sombra recortada do apoio trabalhado da balaustrada destacava-se em preto, como uma vegetação caprichosa, com uma tenuidade no delineamento dos mínimos detalhes que parecia trair uma consciência aplicada, uma satisfação de artista e, com tal

---

[1] Canção de Lucien Delormel e Léon Garnier, 1886.

relevo, tal veludo no repouso de suas massas sombrias e felizes que, na realidade, os reflexos amplos e folhosos que repousavam sobre esse lago de sol pareciam saber que eles eram a garantia de calma e de felicidade.

Hera instantânea, flora parietária e fugitiva! A mais incolor, a mais triste, seguindo o capricho de muitas daquelas que podem trepar no muro ou decorar a janela; para mim, de todas a mais cara desde o dia em que ela aparecera na sacada, como a própria sombra da presença de minha amiga que talvez já estivesse nos Champs-Élysées e, assim que eu chegasse, me diria: "Comecemos logo a jogar, você está no meu time"; frágil, carregada por um sopro, mas também relacionada não com a estação, mas com a hora, promessa da felicidade imediata que o dia recusará ou atenderá e, além da felicidade imediata por excelência, a felicidade do amor; mais suave, mais quente sobre a pedra do que o próprio musgo; vivaz; a quem basta um raio para nascer e fazer eclodir alegria, mesmo no coração do inverno, quando qualquer outra vegetação desaparecera, quando o belo couro verde que envolve o tronco das velhas árvores está escondido pela neve e que, sobre aquela que cobre a sacada, o sol surgido repentinamente entrelaça fios de ouro e borda reflexos negros.

Depois chega um dia em que a vida não nos traz mais alegrias. Mas então a luz que as assimilou devolve-as para nós, a luz solar que com o tempo soubemos tornar humana e que é, para nós, apenas uma reminiscência da felicidade; ela nos faz prová-las, ao mesmo tempo no instante presente em que brilha e no instante passado que nos lembra, ou melhor, entre os dois, fora do tempo, faz delas realmente alegrias de sempre. Se os poetas que têm de pintar um local de delícias mostram-no habitualmente tão enfadonho, é que, em vez de se lembrar por meio de sua própria vida de que coisas muito particulares ali foram as delícias, eles o banham de uma luz resplandecente, fazem circular ali perfumes desconhecidos. Não há para nós raios, nem perfumes, deliciosos, além daqueles que a nossa memória outrora registrou; eles sabem nos fazer ouvir a leve instrumentação que lhes havia acrescentado nossa maneira de sentir de então, maneira de sentir que nos parece mais original agora que as modificações muitas vezes indiscerníveis, mas incessantes de nosso pensamento e de nossos nervos, nos levaram tão longe dela. São somente eles – e não os simples raios e perfumes novos que ainda nada sabem da vida – que podem nos trazer de volta um pouco do ar de outrora que não respiraremos mais, que podem nos dar a impressão dos únicos verdadeiros paraísos, os paraísos perdidos. E, talvez por causa da pequena *Cena infantil*[2] que acabei de lembrar, encontrei há pouco, nos raios que pousaram na sacada e nos quais ela transfundira sua alma, algo de fantástico, melancólico e afetuoso, como em uma frase de Schumann.

*Marcel Proust*

---

2 Referência a *Cenas infantis* (1838), do compositor Robert Schumann.

*Le Figaro*

## IGREJA DE VILAREJO
3 de setembro de 1912

O admirável autor do verdadeiro *Gênio do cristianismo* – quero falar de Maurice Barrès – irá provavelmente encontrar eco a seu apelo em favor das igrejas de vilarejo; é, de fato, o momento em que muitos de nós retomam o contato com as suas.[1] E, para aqueles que não passarão as férias nos lugares onde cresceram, as reminiscências da estação farão reviver o tempo em que iam descansar todo ano junto de sua igreja.

Reconhecíamos de bem longe o campanário da nossa, inscrevendo no horizonte sua figura inesquecível. Quando meu pai, do trem que nos trazia de Paris, o avistava deslizando sucessivamente por todos os sulcos do céu, fazendo correr em todos os sentidos seu pequeno galo dos ventos, ele nos dizia: "Recolham seus cobertores, vamos chegar logo". E, em um dos mais longos passeios que fazíamos ao redor da pequena cidade, no lugar onde a estrada afunilada desemboca num imenso platô, ele nos mostrava ao longe a fina agulha de nosso campanário que ultrapassava solitária, mas tão delgada, tão cor-de-rosa, que parecia riscada no céu por uma unha que quisera dar a essa paisagem, a esse quadro de pura natureza, esse pequeno toque de arte, essa única indicação humana.

---

[1] De 1910 a 1914, Maurice Barrès (1862-1923), escritor e político francês, comandou uma campanha em defesa da preservação das igrejas em ruína, propondo a classificação de todos os edifícios religiosos, incluindo as pequenas igrejas de vilarejo, como patrimônio nacional.

Quando nos aproximávamos e podíamos avistar o resto da torre quadrada e meio destruída que subsistia a seu lado, ficávamos impressionados principalmente com o tom avermelhado e escuro das pedras; e, em uma manhã nebulosa de outono, parecia, elevando-se acima do roxo tempestuoso dos vinhedos, uma ruína de púrpura quase da cor da vinha virgem.

Dali ela ainda não passava de uma igreja isolada, resumindo a cidade, falando dela e por ela ao longe, depois, quando estávamos mais perto, dominando de seu alto manto sombrio, em pleno campo, contra o vento, como uma pastora suas ovelhas, os dorsos cinza e lanosos das casas reunidas.

Como eu a via bem, nossa igreja! Familiar; contígua, na rua onde estava seu pórtico principal, à casa onde vivia o farmacêutico e à mercearia; simples cidadã de nossa pequena cidade, que poderia até receber sua numeração na rua, se as ruas dessa mera capital de cantão tivessem números, na qual o carteiro poderia entrar ao fazer sua distribuição, depois de sair da mercearia e antes de entrar na casa do farmacêutico; havia, no entanto, entre ela e tudo que não era ela, uma demarcação que meu espírito não conseguia transpor. O vizinho podia até ter fúcsias que tinham o mau hábito de deixar seus ramos correrem às cegas por toda parte e cujas flores não tinham nada mais urgente a fazer, quando já suficientemente grandes, a não ser refrescar suas faces violeta e congestionadas contra a sombria fachada da igreja, nem por isso elas se tornavam sagradas, e entre elas e a pedra escurecida onde se apoiavam, se meus olhos não percebiam nenhum intervalo, meu espírito abria um abismo.

Seu velho pórtico, marcado como uma escumadeira, estava deformado e profundamente desgastado nos cantos (assim como a pia de água benta para onde ele levava), como se o leve roçar dos mantos das camponesas entrando na igreja e de seus dedos tímidos mergulhando na água benta pudesse, repetindo-se ao longo dos séculos, adquirir uma força destrutiva, consumir a pedra e entalhá-la de sulcos como os que traça a roda das carroças no marco contra o qual bate todos os dias. Suas lápides, sob as quais o nobre pó dos grandes abades eruditos do monastério, enterrados ali, conferia ao coro um mosaico espiritual, já não eram matéria inerte e dura, pois o tempo as havia tornado suaves, fazendo-as escorrer feito um mel para fora dos limites de sua própria esquadria da qual aqui haviam transbordado em uma onda dourada, arrastando à deriva uma maiúscula gótica em flores, e, em outra parte, haviam sido reabsorvidas, contraindo ainda a elíptica inscrição latina, introduzindo um capricho a mais na disposição desses caracteres abreviados, aproximando duas letras de uma palavra cujas outras haviam sido desmesuradamente distendidas.

Seus vitrais nunca resplandeciam tanto quanto nos dias em que o sol não se mostrava, de modo que, se estivesse cinzento lá fora, tínhamos certeza de que faria bom tempo dentro da igreja; revejo um deles ocupado em toda a sua altura por um único personagem semelhante a um rei de jogo de baralho, que vivia lá no alto entre céu e terra, e um outro onde uma montanha de neve rosada, ao pé da qual se travava uma batalha, parecia ter gelado o próprio vidro que insuflava com seus cristais de gelo turvos, como uma vidraça sobre a qual teriam ficado flocos de neve, mas flocos iluminados por alguma aurora (pela mesma, provavelmente, que avermelhava o retábulo do altar com tonalidades tão frescas que mais pareciam pousadas ali momentaneamente por uma luminosidade prestes a desvanecer do que por cores aprisionadas para sempre na pedra); e todos eram tão antigos que se via aqui e ali a sua velhice prateada resplandecer com a poeira dos séculos e desgastar a trama de sua doce tapeçaria de vidro. Na sacristia, havia duas tapeçarias de alto liço, representando o coroamento de Ester, e a quem suas cores, fundindo-se, acrescentaram uma expressão, um relevo, uma iluminação; um pouco de cor-de-rosa flutuava nos lábios de Ester além do desenho de seu contorno, o amarelo de seu vestido esparramava-se tão untuosamente, tão generosamente, que ele adquiria uma espécie de consistência e se elevava vivamente sobre a atmosfera reprimida, e o verde das árvores mantido vivo na parte inferior do painel de seda e de lã, mas tendo "esmaecido" no alto, fazia com que se destacassem em um tom mais pálido, acima dos troncos escuros, os altos galhos amarelados, dourados e como que meio apagados pela brusca e oblíqua iluminação de um sol invisível.

Todas essas coisas antigas acabavam fazendo para mim com que a igreja fosse algo de inteiramente diferente do resto da cidade; um edifício que ocupava, por assim dizer, um espaço de quatro dimensões – sendo a quarta a do Tempo –, estendendo ao longo dos séculos sua nave que, de tramo em tramo e de capela em capela, parecia vencer e transpor não somente alguns metros, mas épocas sucessivas de que saía vitoriosa; ocultando o rude e feroz século XI na espessura de suas paredes, de onde ele se revelava com seus pesados arcos tapados e obstruídos por pedras brutas somente através do profundo entalhe que a escada do campanário abria junto ao pórtico, e mesmo ali escondido pelas graciosas arcadas góticas que se agrupavam vaidosamente diante dele como irmãs mais velhas que, para escondê-lo de estranhos, se colocam sorrindo na frente de um irmão menor bronco, resmungão e malvestido; e, elevando ao céu acima da praça, seu campanário, que havia contemplado São Luís e parecia vê-lo ainda.

Das janelas de sua torre, dispostas duas a duas umas acima das outras – com essa justa e original proporção nas distâncias que não confere beleza e dignidade somente aos rostos humanos –, o campanário liberava, deixava cair em intervalos regulares revoadas de corvos que, durante um momento, volteavam grasnando como se as velhas pedras que os deixavam brincar sem parecer vê-los, tornando-se repentinamente inabitáveis e desencadeando um princípio de agitação infinita, os tivessem golpeado e expulsado. Então, após ter riscado em todas as direções o veludo violeta do ar do fim da tarde, subitamente acalmados eles voltavam a se recolher à torre, de nefasta tornando-se novamente propícia, alguns pousados aqui e ali, parecendo imóveis, mas abocanhando talvez algum inseto, na ponta de uma pequena torre como uma gaivota parada com a imobilidade de um pescador na crista das ondas.

Frequentemente, quando eu passava diante do campanário ao voltar do passeio, olhando a doce tensão, a inclinação fervente de suas laterais de pedras que se aproximavam elevando-se como duas mãos que se juntam para orar, eu me unia tão bem à efusão da flecha que meu olhar parecia se alçar com ela; e ao mesmo tempo eu sorria amigavelmente para as velhas pedras gastas cujo topo o entardecer iluminava e que, a partir do momento em que penetravam nessa zona ensolarada, suavizadas pela luz, pareciam repentinamente erguer-se bem mais alto, longínquas, como um canto reiniciado em falsete, uma oitava acima.

O outro pórtico que ficava desse lado era completamente coberto pela hera, e era preciso, para reconhecer uma igreja no bloco de vegetação, fazer um esforço que só me fazia, aliás, compreender ainda mais a ideia de igreja (como acontece em uma tradução ou em uma versão em que se aprofunda ainda mais um pensamento ao despojá-lo das formas costumeiras), para reconhecer que o arco de um tufo de hera era o de um vitral, ou que uma saliência de vegetação devia-se ao relevo de um capitel. Mas então um pouco de vento soprava; as folhas agitavam-se umas contra as outras, e, tremulando, a fachada vegetal parecia abraçar com ela os pilares ondulosos, acariciados e fugidios.

Era o campanário de nossa igreja que dava a todas as atividades, a todas as horas, a todos os pontos de vista da cidade, sua figura, seu coroamento, sua consagração. De meu quarto, eu podia avistar somente sua base que havia sido revestida de ardósia; mas quando no domingo, ainda deitado, em uma manhã quente de verão, eu a via brilhar como um sol negro, dizia a mim mesmo: "Nove horas já! preciso me levantar rápido para ir à missa"; e eu sabia exatamente a cor que tinha o sol na praça, a sombra que ali fazia o toldo da loja, o calor e a poeira da feira.

Quando, após a missa, entrávamos para dizer ao sacristão que trouxesse um brioche maior do que de costume porque alguns amigos nossos haviam aproveitado o bom tempo para vir almoçar, tínhamos diante de nós o campanário que, ele próprio dourado e assado como um grande brioche abençoado, com escamas e gotejamentos viscosos de sol, fincava sua ponta aguda no céu azul. E, ao entardecer, quando voltava do passeio, ele se mostrava ao contrário tão suave, no dia que findava, que parecia pousado e afundado como uma almofada de veludo castanho sobre o céu empalidecido que havia cedido sob sua pressão, acomodando-se ligeiramente para lhe dar lugar e refluindo nas bordas; e os gritos dos pássaros que giravam ao seu redor pareciam aumentar seu silêncio, lançar ainda mais sua flecha, conferindo-lhe algo de inefável.

Mesmo quando percorríamos o caminho por trás da igreja, ali onde não a víamos, tudo parecia ordenado em relação ao campanário que surgia aqui e ali entre as casas, talvez ainda mais emocionante quando aparecia assim, sem a igreja. E, certamente, há muitos outros que são bem mais belos vistos dessa maneira, e guardo na minha lembrança vinhetas de campanários ultrapassando os telhados, que possuem outro caráter artístico.

Nunca me esquecerei, em uma curiosa cidade da Normandia, de dois encantadores casarões do século XVIII que me são, sob muitos aspectos, caros e veneráveis e entre os quais, quando vista do belo jardim que desce das escadarias para o rio, a flecha gótica de uma igreja, que eles escondem, ergue-se, parecendo delimitar, dominar suas fachadas, mas de uma maneira tão diferente, tão preciosa, tão anelada, tão rosada, tão envernizada, que bem se vê que ela não faz parte deles, assim com também não faz parte de belos seixos unidos, entre os quais está presa, na praia, a flecha purpurina e denteada de alguma concha afilada como uma pequena torre, brilhante de esmalte.

Mesmo em Paris, em um dos bairros mais feios da cidade, sei de uma janela de onde se vê, depois de um primeiro plano, composto de telhados amontoados de várias ruas, um sino violeta, às vezes avermelhado, às vezes também, nas mais nobres "provações" que lhe tira a atmosfera, de um negro decantado de cinzas, que não é outro senão o domo de Saint-Augustin e que confere a essa vista de Paris a particularidade de certas vistas de Roma de Piranesi. Mas nenhuma dessas pequenas gravuras, embora minha memória as reproduzisse com discernimento, tem sob sua dependência toda uma parte profunda de minha vida, como faz a lembrança desses aspectos de nosso campanário nas ruas atrás da igreja. Que o víssemos às 5 horas, quando íamos buscar as cartas no correio, a algumas casas à nossa esquerda, elevando-se bruscamente, como um cume isolado, da linha de cumeeira dos telhados; ou que, indo mais longe, se andássemos até a estação, nós o víssemos obliquamente mostrando de perfil arestas e superfícies novas como um sólido surpreendido em um momento desconhecido de sua revolução, era sempre para ele que se devia voltar, sempre para ele que dominava tudo, coroando as casas com um pináculo inesperado, erguido diante de mim como o dedo de Deus, cujo corpo pudesse estar escondido na multidão de seres humanos sem que nem por isso eu o confundisse com ela.

E ainda hoje, se, em uma grande cidade de província ou em um bairro de Paris que conheço mal, um passante que me "indica o caminho" mostra-me ao longe como ponto de referência uma torre de hospital, um campanário de convento que eleva a ponta de sua torre eclesiástica na esquina de uma rua que devo seguir, por menos que minha memória possa obscuramente encontrar nele algum traço de semelhança com a figura cara e distante, o passante, caso se volte para se assegurar de que não vou me perder, pode surpreso observar-me, esquecido do passeio ou da obrigação, ficar ali diante do campanário, tentando lembrar-me, sentindo em meu íntimo terras reconquistadas do esquecimento que se ressecam e se reconstroem; e provavelmente então, mais ansiosamente do que há pouco, quando lhe pedia que me orientasse, ainda busco meu caminho, viro uma esquina... mas... dentro do meu coração...

*Marcel Proust*

*Le Figaro*

## FÉRIAS DE PÁSCOA
25 de março de 1913

Os romancistas são tolos que contam por dias e por anos. Os dias talvez sejam iguais para um relógio, mas não para um homem. Há dias montanhosos e difíceis que levamos um tempo infinito para escalar e dias em declive que se deixam descer a toda velocidade, cantando. Para percorrer os dias, as pessoas de natureza um pouco nervosa, sobretudo, dispõem, como os veículos automóveis, de "velocidades" diferentes.

Depois há dias desemparceirados, interpolados, vindos de outra estação, de outro clima. Estamos em Paris, é inverno e, no entanto, enquanto ainda estamos meio adormecidos, sentimos que começa uma manhã primaveril e siciliana. Ao som do primeiro rolar do bonde, compreendemos que ele não está entediado na chuva, mas de partida para o azul-celeste; mil temas populares habilmente escritos para diferentes instrumentos, desde a corneta de chifre do reparador de chafarizes até o flajolé do pastor de cabras, que orquestram levemente o ar da manhã, como uma abertura para *Zur Namensfeier*[1]. E, ao primeiro raio de sol que nos toca, como a estátua de Mêmnon, começamos a cantar. Nem mesmo são necessárias essas mudanças de tempo para trazer bruscamente em nossa sensibilidade, em nossa musicalidade interior, uma mudança de tom. Os nomes, os nomes de países, os no-

---

[1] *Zur Namensfeier* (1815), abertura em dó maior, op. 115, de Ludwig van Beethoven.

mes de cidades – semelhantes a esses aparelhos científicos que nos permitem produzir à vontade fenômenos cuja manifestação na natureza é rara e irregular – nos trazem nevoeiro, sol, maresia.

Frequentemente toda uma sequência de dias que, vistos de fora, se parecem com os outros se distinguem deles tão claramente como um motivo melódico de outro bem diferente. Relatar os acontecimentos é fazer conhecer a ópera unicamente pelo libreto; porém, se escrevesse um romance, eu procuraria diferenciar as músicas sucessivas dos dias.

Lembro-me de que, quando era criança, um ano meu pai decidiu que passaríamos as férias de Páscoa em Florença. É uma grande coisa, um *nome*, bem diferente de uma *palavra*. Pouco a pouco, ao longo da vida, os nomes transformam-se em palavras; descobrimos que entre uma cidade que se chama Quimperlé e uma cidade que se chama Vannes, entre um senhor que se chama Joinville e um senhor que se chama Vallombreuse, talvez não haja tanta diferença quanto entre seus nomes. Mas por muito tempo inicialmente os nomes nos levam ao erro; as palavras nos apresentam coisas, uma pequena imagem clara e usual, como aquelas que se pregam nas paredes das escolas, para dar o exemplo do que é uma bancada de ferramentas, um carneiro, um chapéu, coisas concebidas como iguais a todas do mesmo tipo. Mas o nome nos leva a crer que a cidade que designa é uma pessoa, que entre ela e qualquer outra há um abismo.

A imagem que ele nos revela é obrigatoriamente simplificada. Um nome não é muito amplo; não poderíamos fazer entrar ali muito espaço e tempo; um único monumento e sempre visto à mesma hora; se tanto, minha imagem de Florença estava dividida em dois compartimentos, como esses quadros de Ghirlandaio que representam o mesmo personagem em dois momentos da ação; em um deles, sob um dossel arquitetônico, olhava através de uma cortina de sol oblíqua, progressiva e sobreposta as pinturas de Santa Maria del Fiore; no outro, atravessava, para ir almoçar, a Ponte Vecchio, abarrotada de junquilhos, narcisos e anêmonas.

Mas essa imagem que os nomes conferem às cidades, eles tiram deles mesmos, de sua própria sonoridade, resplandecente ou sombria; e eles a banham por inteiro; como nesses cartazes de uma só cor, azuis ou vermelhos, em que as barcas, a igreja, os passantes, as estradas são igualmente azuis ou vermelhas, as menores casas de Vitré nos parecem escurecidas pela sombra de seu acento agudo; todas as de Florença me pareciam ter de ser perfumadas como corolas, talvez por causa de Santa Maria del Fiore. Se tivesse estado mais atento ao meu próprio pensamento, teria me dado conta de que, cada vez que dizia a mim mesmo "ir a Florença", "estar em Florença", o que eu via não era de modo algum uma cidade, mas algo tão diferente de tudo que eu conhecia que poderia ser, para uma humanidade cuja vida inteira teria se passado em fins de tarde de inverno, essa maravilha desconhecida, uma manhã de primavera.

Sem dúvida, é uma das tarefas do talento devolver aos sentimentos que a literatura cerca de uma pompa convencional seu aspecto verídico e natural; não é uma das coisas que menos admiro em *L'annonce faite à Marie*, de Paul Claudel – não é para aqueles que se extasiam diante da glória dos tímpanos saber provar a fineza dos quadrilóbulos –, é o fato de os pastores, na noite de Natal, não dizerem: "Noel, eis o Redentor", mas: "Rapaz, como faz frio!"; e Violaine, quando ressuscitou a criança: "O que é que há, meu tesouro?". Na obra admirável do grande poeta Francis Jammes, poderia encontrar muitos outros exemplos desse gênero. Mas, inversamente, a tarefa da literatura pode ser, em outros casos, a de substituir por uma expressão mais exata as manifestações demasiadamente obscuras que nós mesmos damos de sentimentos que nos possuem sem que os vejamos claramente. A deliciosa espera que vivia por Florença, eu só a expressava interrompendo dez vezes minha toalete para pular e cantar aos berros *Le père la victoire*; essa espera parecia-se muito com a de certos crentes que sabem que estão às vésperas de entrar no Paraíso.

O inverno parecia recomeçar; meu pai dizia que a temperatura não era muito propícia para a partida. Era o momento em que, nos outros anos, chegávamos a uma cidadezinha da região de Beauce para encontrar as violetas ficando azuis e as lareiras, acesas. Mas, esse ano, o desejo das férias em Florença havia apagado a lembrança das férias perto de Chartres. Nossa atenção está em todos os momentos de nossa vida muito mais voltada para o que desejamos do que para o que vemos efetivamente. Se analisássemos as sensações que assaltam os olhos e o olfato de um homem que, em um dia escaldante de junho, volta para almoçar em casa, encontraríamos bem menos o pó das ruas que ele atravessa e os letreiros ofuscantes das lojas diante das quais ele passa do que os aromas que ele irá encontrar em um instante – aromas da compoteira de cerejas e damascos, da cidra, do queijo gruyère –, mantidos suspensos no claro-escuro, untuoso, envernizado, transparente e fresco da sala de jantar, que estriam, que sulcam delicadamente como no interior de uma bola de gude, enquanto os descansos de talheres de vidro prismático pintam arcos-íris fragmentários ou pontilham aqui e ali ocelos de pavão. Da mesma forma era Florença e as flores vendidas em profusão na ensolarada Ponte Vecchio que eu via enquanto, com um frio como não havia feito em janeiro, atravessava o bulevar des Italiens, onde, no ar, líquido e gelado como a água que as cercava, as castanheiras começavam, convidadas pontuais, já arrumadas, e que o mau tempo não havia desencorajado, a arredondar e recortar, em seus blocos congelados, o irresistível verdor que o poder abortivo do frio contrariava, mas não conseguia reprimir.

De volta a casa, lia obras sobre Florença que, naquela época, não eram dos senhores Henri Ghéon e Valéry Larbaud, a *Nouvelle Revue Française* ainda repousaria, por alguns anos, no Futuro. Porém os livros eram menos emocionantes para mim do que os guias, e os guias, do que o horário dos trens. Minha aflição era na realidade pensar que essa Florença, que via diante de mim próxima, mas inacessível, na minha imaginação eu poderia alcançá-la, por um través, por um desvio, tomando a "rota terrestre". Não pude mais conter minha alegria quando meu pai, mesmo lamentando o frio, começou a procurar qual seria o melhor trem, e quando eu compreendi que, entrando depois do almoço no antro enfumaçado, no laboratório envidraçado da estação, subindo no vagão mágico que se encarregaria de operar a transmutação à nossa volta, poderíamos acordar no dia seguinte ao pé das colinas de Fiesole, na cidade dos lírios: "Enfim, acrescenta meu pai, vocês poderiam chegar a Florença já no dia 29, ou até mesmo na manhã de Páscoa", fazendo assim sair essa Florença não somente do Espaço abstrato, mas desse Tempo imaginário em que situamos não apenas uma viagem, mas outras simultâneas para fazê-la entrar em uma semana específica de minha vida (semana que começa segunda-feira), em que a lavadeira devia trazer-me o casaco branco que eu havia manchado de tinta, semana vulgar, mas real, pois ela não comportava duplo emprego. E senti que pela mais emocionante das geometrias teria de inscrever no plano de minha própria vida os domos e as torres da cidade das flores.

Finalmente atingi o último grau de alegria quando ouvi meu pai dizer: "Ainda deve fazer frio à noite nas margens do Arno, você faria bem em colocar, por via das dúvidas, na mala, seu sobretudo de inverno e seu paletó bem grosso". Pois senti somente então que seria eu mesmo que passearia na véspera da Páscoa nessa cidade, onde eu imaginava somente homens do Renascimento, que entraria nas igrejas onde, quando se veem os fundos dourados de Fra Angélico, parece que a radiante tarde entrou com você e veio colocar à sombra e ao fresco seu céu azul. Naquele momento, aconteceu o que eu acreditava até então ser impossível, eu me senti realmente penetrar no nome de Florença; por uma ginástica suprema e acima das minhas forças que me despia, como de uma carapaça inútil, do ar de meu quarto atual que já não era mais meu quarto, eu o substituía por partes iguais de ar florentino, dessa atmosfera indizível e particular como a que se respira nos sonhos, e que havia encerrado no nome de Florença; senti operar-se em mim uma milagrosa desencarnação; acrescentou-se a isso o desconforto que se sente quando se tem uma dor de garganta; à noite, estava de cama com febre, o médico me proibiu de fazer a viagem e meus planos foram reduzidos a nada.

No entanto, não completamente; pois durante a Quaresma seguinte foi sua lembrança que conferiu caráter aos dias que vivi, que os harmonizou. Ao ouvir um dia uma senhora que dizia: "Tive de vestir novamente meu casaco de pele; não está mesmo fazendo uma temperatura da estação, não dá para acreditar que estamos tão perto da Páscoa; parece que vamos entrar no inverno", essas palavras deram-me de repente uma sensação de primavera, o motivo melódico reapareceu, ele que havia encantado no ano passado as mesmas semanas das quais as de agora pareciam uma reminiscência; se eu desejasse encontrar-lhe um equivalente musical, diria que possuía a delicadeza perfumada, deliciosa e frágil do tema da convalescência e das rosas em *Fervaal*, do sr. d'Indy[2]. Os sonhos que colocamos nos nomes ficam intactos enquanto guardamos esses nomes hermeticamente fechados, enquanto não viajamos; mas, assim que os entreabrimos, por pouco que seja, assim que chegamos à cidade, o primeiro bonde que passa neles mergulha, e sua lembrança permanece para sempre inseparável da fachada de Santa Maria Novella.

Suspeitei no ano passado que o dia de Páscoa não era diferente dos outros, que ele não sabia que era chamado de Páscoa, e no vento que soprava pensei ter reconhecido uma doçura que já havia sentido, a matéria imutável, a umidade familiar, a ignorante fluidez dos dias antigos. Mas eu não podia impedir que as lembranças dos planos que havia feito no outro ano dessem à semana de Páscoa algo de florentino, e à Florença, algo de pascal. A semana de Páscoa ainda estava longe, mas, na sequência dos dias que se estendia diante de mim, os dias santos destacavam-se mais claros, tocados por um raio como certas casas de um vilarejo afastado que se percebe num reflexo de sombra e luz; guardavam sobre eles todo o sol. Como para a cidade bretã, que ressurge em certas épocas do abismo onde está mergulhada, Florença renascia para mim. Todos lamentavam o mau tempo, o frio. Mas, em um langor de convalescência, o sol que devia fazer nos campos de Fiesole forçava-me a piscar os olhos e a sorrir. Não eram somente os sinos que chegavam da Itália, a própria Itália tinha vindo. Às minhas mãos fiéis não faltaram flores para honrar o aniversário da viagem que não havia feito. Porque, depois que o tempo se tornara novamente frio ao

---

2 *Fervaal* (1897), ópera em três atos do compositor francês Vincent d'Indy (1851-1931).

redor das castanheiras e dos plátanos do bulevar, no ar glacial que os banhava, eis que, como em um jarro de água pura, abriram-se os narcisos, os junquilhos, os jacintos e as anêmonas da Ponte Vecchio.

*Marcel Proust*

*Le Gaulois*

## FESTA LITERÁRIA EM VERSALHES
31 de maio de 1894

O portão de grade dourada abre-se para a larga avenida de Paris, que leva diretamente ao teatro de Versalhes. Apoiado em uma das extremidades da grade, ergue-se um gracioso palacete; um grande tapete vermelho está estendido sobre a areia, diante da porta; flores, rosas esparramam-se pelo caminho. Na porta, amável, sorridente, muito bom, o senhor da tranquila residência recebe os amigos que convidou. Uma orquestra, escondida em um pequeno bosque, murmura uma música delicada.

Uma ladeira suave, com um gramado verde, protegida por árvores, leva ao teatro, que foi montado na parte plana do fresco jardim. Uma maravilha, esse teatro improvisado, "efêmero", como está escrito no friso. – Tudo o que é belo e tudo o que é bom não é efêmero? – Um artista o construiu. É um retângulo comprido na forma de um templo, precedido por um átrio com pesadas cortinas e que termina em um pequeno palco sobrelevado. O cenário exibe uma colunata circular; entre as colunas, entreveem-se bosques e sebes ornamentais por trás dos quais, talvez, irão aparecer a sra. de La Vallière ou a Madame de Montespan[1].

---

1 Louise de La Vallière (1644-1710) e Françoise-Athénaïs de Mortemat (1640-1707), mais conhecida como Madame de Montespan, foram duas famosas amantes do rei Luís XIV (1638-1715), que construiu o palácio de Versalhes.

A sala está lotada. E que sala! É a "toda Paris"! A sra. condessa de Greffulhe, deliciosamente trajada: o vestido é de seda lilás rosado, semeado de orquídeas e coberto de musselina de seda do mesmo tom, o chapéu ornado com orquídeas e envolto em gaze lilás; a srta. Geneviève de Caraman-Chimay, a condessa de Fitz-James, popeline preta e branca, sombrinha azul, incrustada de turquesas, jabô estilo Luís XV; a condessa de Pourtalès, tafetá cinza-pérola, salpicado de flores escuras, debruns claros, o chapéu coroado com um penacho amarelo; o duque de Luynes, a condessa Aimery de La Rochefoucauld, crepe da China roxo; a marquesa d'Hervey de Saint-Denis, crepe branco, chapéu de palha de arroz branco com plumas brancas, pelerine de alpaca branca com bordado cinza; a condessa Pierre de Brissac com um vestido listrado branco e amarelo, chapéu preto com rosas; a duquesa de Gramont, a condessa Adhéaume de Chevigné, a sra. Arthur Baignères e o sr. Baignères, a sra. Henri Baignères, a princesa de Chimay, vestido de lãzinha bordada com violetas e mimosas, chapéu preto com laços roxos; a srta. de Heredia, vestido de musselina cor-de-rosa; a condessa Louis de Montesquiou, de preto; a viscondessa de Kergariou, crepe da China cinza com laços azul-hortênsia, chapéu preto com laços da mesma cor; a marquesa de Lubersac, pelerine de marta sobre um vestido preto e branco; a condessa Potocka, a sra. de Brantes, a princesa de Wagram, a condessa de Brigode, a marquesa de Biencourt, a princesa de Brancovan, com um vestido listrado; a sra. Austin Lee, a princesa de Broglie, a condessa Jean de Montebello, a condessa de Périgord, cinza-prata, chapéu cor de íris; a sra. Arcos, a marquesa de Massa, a duquesa d'Albufera, o barão e a baronesa Denys Cochin, o sr. Paul Deschanel, o conde e a condessa de Lambertye, o conde e a condessa de Ganay, o conde de Ravignan, a baronesa de Poilly, o conde e a condessa de Janzé, a princesa de Poix, o príncipe de Sagan, que veio de carro a vapor com o conde de Dion; o conde e a condessa d'Aramon, o conde de Saint-Phalle, o conde de Gabriac, o conde e a condessa Bertrand de Montesquiou, o marquês du Lau, a sra. Madeleine Lemaire, bengalina cor de ameixa, blusa estilo Pompadour, chapéu violeta; a srta. Madeleine Lemaire, musselina branca e cetim amarelo, chapéu preto salpicado de rosas; o príncipe de Lucinge, a viscondessa de Trédern, o conde e a condessa de Guerne, a condessa de Chaponay, a princesa Bibesco, a condessa de Kersaint, a condessa de Chevigné, a condessa de Berkheim, o conde e a condessa de Chandieu, a marquesa de Lur-Saluces, o marquês e a marquesa d'Adelsward, o marquês e a marquesa de Ganay, o sr. Joubert, a marquesa de Balleroy, o barão de Saint-Amand, o conde de Castellane, o sr. Charles Ephrussi, o sr. e a sra. Jules Claretie, o sr. e a sra. Francis Magnard, o sr. e a sra. Ganderax, o sr. e a sra. Gervex, o sr. Rodenbach, o sr. e a sra. Maurice Barrès, o sra. Alphonse Daudet, o sr. e a sra. Léon Daudet, o sr. e a sra. Duez, o sr. e sra. Helleu, a sra. Jeanniot, o sr. e a sra. Roger-Jourdain, o sr. e a sra. Jacques Saint-Cère, o sr. Émile Blavet, o sr. e a sra. Adolphe Aderer, o sr. Jean Béraud, a srta. Louise Abbéma, o sr. e a sra. Pozzi, o sr. Henry Simond, os srs. Boldini, Tissot, Haraucourt, Henri de Régnier, a sra. Judith Gautier, o sr. e a sra. de La Gandara, o sr. e a sra. Dubufe, o sr. Aurélien Scholl, o sr. e a sra. Detelbach, o sr. Dieulafoy, o sr. de Heredia, o conde de Saussine.

Uma campainha discreta pede silêncio. O sr. Léon Delafosse senta-se ao piano e executa com seu reconhecido talento uma gavota de Bach, uma fantasia de Chopin, uma barcarola de Rubinstein. O sr. Yann Nibor sucede-lhe; recita *Les anciens*, *L'ouragan*, *Les quatre frères* e *Ella*, e essa poesia simples, franca, vigorosa emociona profundamente todas as pessoas sensíveis que o escutam.

Mas eis a srta. Reichenberg, graciosa, vestida de rosa pálido e usando um grande chapéu branco coberto de plumas cor-de-rosa. Ela é aclamada, pois lê maravilhosamente *Menuet*, de François Coppée, *Mandoline*, de Verlaine, o madrigal do sr. Robert de Montesquiou e *Dormeuse*, da sra. Desbordes-Valmore.

Se a criança dorme
Ela verá a abelha,
Quando terá feito seu mel,
Dançar entre terra e céu.

Se a criança descansa,
Um anjo cor-de-rosa,
Que somente à noite se pode ver
Virá lhe dizer: "Boa noite".

Se chora, se grita,
No amanhecer em fúria.
Esse caro cordeiro revoltado
Será talvez levado.

Sim, mas se é boazinha,
Sobre seu doce rosto,
A Virgem se debruçará
E longamente lhe falará.

Novo deslumbramento. A sra. Sarah Bernhardt, usando um longo vestido de seda prateada, enfeitado com uma magnífica renda guipura de Veneza; a srta. Bartet, com uma saia de renda branca e um corpete de musselina de seda azul; e a srta. Reichenberg aparecem, as três reunidas. Longos aplausos as recebem.

Declamam, com um talento raro, dividindo as estrofes entre si, essa famosa *Ode à Versailles*, que André Chénier compôs após o dia 10 de agosto de 1792, quando, afastado da luta, se retirou para sonhar em Versalhes. Estava, naquela época, apaixonado por Fanny, isto é, a sra. Le Coulteux, que residia em Louveciennes:

> Oh! Versalhes, oh! bosques, oh! pórticos,
> Mármores vivos, berços antigos,
> Pelos deuses e reis o Elísio embelezado,
>
> A seu aspecto, em meu pensamento,
> Como sobre a relva árida um fresco orvalho,
> Flui um pouco de calma e de esquecimento.

Um breve intervalo, durante o qual os amigos do sr. de Montesquiou admiram as pequenas maravilhas do jardim, a estufa japonesa com suas flores raras e seus delicados pássaros, ou se reúnem em torno do bufê, preparado sob uma tenda... E só se ouvem estas palavras: "Que encantador!... Que linda festa!... E que tempo bonito!". Pois o sol compareceu e fez resplandecer as belas toaletes cor--de-rosa, violeta, amarelas, lilases, roxas, doce carinho para os olhos.

A Musa retoma seus direitos. Novamente, o sr. Delafosse senta-se ao piano. Dessa vez, acompanha melodias que ele mesmo compôs para poesias do sr. de Montesquiou, cantadas com muito sentimento pelo sr. Bagès.

A srta. Bartet volta, tão refinada, extraordinária. Recita *Parfum impérissable*, do sr. Leconte de Lisle; *Récif de corail*, do sr. José-Maria de Heredia, um texto delicioso da srta. de Heredia, *Étang bleu*; *Figuier* e *Aria*, do sr. Robert de Montesquiou:

> ... Tudo o que foi diáfano
> E delicado – e se apaga:
>
> Sombras de tendilhas
> Esqueletos de pardais...
>
> Opacidade das folhagens,
> Fumaça nos telhados das aldeias.
>
> Menos desabrochamentos
> Que desfalecimentos...
>
> Mas sobretudo, do alto dos olmos,
> Os reflexos, ecos das formas.
>
> Mas ainda, no fundo dos bosques,
> Os ecos, reflexos dos Reis.

Nada iguala o triunfo da srta. Bartet ... a não ser o da sra. Sarah Bernhardt, que recita, também, versos do dono da casa: *Salomé*, *Une romance* e *Coucher de la morte*, uma página que permanecerá:

> Um dia que sentiu seu coração cansado,
> Vendo que precisaria morrer dessa dor,
> Ela mandou fazer um caixão de ébano
> E dispor no fundo ricos colchões.
>
> Para que fossem macios, ela os mandou encher
> Com todos os bilhetes de amor que a haviam cansado;

No quarto os trouxeram aos montes
E logo o tapete ficou soterrado...

Mas quando essa tarefa foi terminada,
A bela ficou mais calma pensando que nesse dia
Ela teria, para dormir sua última noite,
Uma cama harmoniosa de murmúrios de amor...

É preciso que o próprio autor venha, com seus incomparáveis intérpretes, receber os aplausos calorosos da plateia. O sr. Yann Nibor reaparece para declamar três outras obras suas, não menos emocionantes que as primeiras. O sr. Delafosse executa a rapsódia de Liszt.

Terminou. O sonho acabou. É preciso voltar a Paris, onde se fala de declaração ministerial, de interpelações e outras coisas semelhantes. Com que delicada lembrança e com que nostalgia deixamos Versalhes, a cidade real, onde, durante algumas horas, acreditamos viver no século de Luís, o Grande!

*Toda Paris*

*Le Mensuel*

**A MODA**

dezembro de 1890


A moda, com toda a sua tirania, entrou em cena; se vocês quiserem, vamos dedicar-lhe alguns instantes de nosso lazer, tentar explicá-la da melhor maneira possível. À primeira vista, deixaríamo-nos facilmente convencer de que as modificações que ela traz este ano são de mínima importância; que o vestido do ano passado poderia eventualmente enfrentar aquele que acabou de desabrochar da estação. Ah! Se não houvesse as nuances! Mas há tantas! Vocês devem vê-las; ser tocados por elas; renegar o passado; abrir sua mente e, mais ainda, sua carteira, a quem nossas criadoras recorrem com tanta malícia.

O vestido de lãzinha ou de vicunha para o dia; o verde-escuro, o roxo, o azul-marinho vestem bem. O tom escuro e o feitio simples dessa toalete justificariam seu nome, *La trotteuse* [A passeadora], se o comprimento da saia não causasse certo embaraço. Eu a chamaria tranquilamente de *La balayeuse* [A varredora].

A saia lisa se mantém, mas aumentou ainda mais na largura, enviesando para a cintura. O excesso de tecido, dessa forma camuflado em seus últimos esconderijos, torna-se um problema que somente nossas grandes costureiras sabem resolver.

O corpete está em plena revolução. Não quer se deixar limitar aos quadris; lembrou-se de dias melhores sob os gloriosos reinados de Luís XII e Luís XV. O grande *basque* não é mais uma *visão fugidia*, mas uma adaptação muito feliz dos nossos corpetes, um refúgio para quadris criticáveis. O disfarce assim permitido é um grande progresso.

O próprio corpete está sujeito a todas as variantes possíveis; mas, antes de tudo, é convocado para modelar o busto, se necessário aumentar sua graça e diminuir seu volume.

A musselina de seda – e não a santa musselina de nossas mães – está sempre na ordem do dia, assim como a renda alta e preciosa em torno do decote, mais quadrado do que em V.

Não renunciem aos adereços de finas pedrarias: esmeraldas, rubis, opalas, turquesas; e não se percam em falsas conclusões morais; sua sinceridade não será atingida, seus adornos não correrão nenhum risco ao lado de seus falsos irmãos.

O chapéu deleita-se nos excessos: chapéu grande de feltro, com grandes plumas, obstruindo o horizonte, incomodando o vizinho durante o espetáculo! Touca microscópica; mais um pouco e ela será apenas uma figurante na conta; mas em sua cabeça não haverá nenhum vestígio. Pouco importa! Por enquanto, o pássaro fabuloso, cor de esmeralda, ouro ou azul-anil, abre deliciosamente suas longas asas em meio a uma profusão de tule bordado.

A touca de chenile preto, toda salpicada de pedras escuras, com uma dobra na parte de trás presa por um grampo de diamantes negros, deixa escapar as mechas frisadas do penteado, rivais triunfantes do tufo de pequenas plumas, já tão usado. Uma simples rosinha de tecido, de cor suave, azul-celeste de preferência, jogada nesse conjunto severo como um pensamento mais alerta, mais divertido, em meio a uma grave dissertação: eis o que temos para o chapéu.

Questão mais importante de todas: o mantô! Grande comoção: a jaqueta curta foi abandonada. Onde vocês querem que os grandes *basques* se refugiem, senão sob um mantô comprido, de forma ampla e arredondada, ou sob uma grande jaqueta estilo Luís XV? Você suspira, senhora; você tem, do ano passado, uma jaqueta de pele de lontra; ela custou-lhe os olhos da cara! E eis que essa moda feia a forçaria a abandoná-la! Banida a jaqueta curta, banido Romeu! Não, minha cara Julieta, fique tranquila. A situação não é tão grave quanto a senhora imagina; "para tudo há um jeito"; concedeu-se em dar aos aristocratas uma licença para a lontra, o astracã, seu corte habitual e seu comprimento relativo. A grande peliça de lãzinha faz furor; é enriquecida com passamanarias de ouro e azeviche; gola Médici, enfeitada com plumas, assim como a borda do mantô que é forrado com seda de cores vivas, lembrando esses insetos fabulosos de cores apagadas que, ao abrirem suas asas, nos ofuscam subitamente com seus reflexos resplandecentes. Essa peça é ao mesmo tempo sóbria e grave; mas a maneira de usá-la muda sua natureza, seu efeito; e, se ousasse dar um conselho ao pescador imprudente que aborda essa Loreley[1], eu lhe diria...

Nada hoje; da próxima vez voltaremos ao assunto e abordaremos em seguida o vestido de baile; isto é, o infinito!

*Étoile Filante*

---

[1] Lendária sereia que vivia perto do penhasco de Loreley, à margem do rio Reno, na Alemanha.

*Le Mensuel*

**A MODA**

março de 1891

Quando lhes prometi outro dia falar sobre o vestido de baile, coloquei-me, acredito, em uma situação difícil. O artigo "A moda" deve, antes de tudo, ter em vista a relevância; é preciso que se antecipe um pouco à sua época. Entretanto, o vestido de baile está, atualmente, em pleno uso, e tudo que eu diria seria sem efeito. Não seria mais sábio dizer que estou atrasado? A franca confissão de minha palavra erroneamente dada fará com que eu seja perdoado por minha palavra não mantida; mas, se não lhes falo como se deve do vestido de baile e das neves de outrora, ser-me-ia permitido, no entanto, de passagem, expressar um arrependimento? É a respeito do vestido de baile das moças. A moça tinha um privilégio ao qual não devia ter renunciado: podia ser simples. Ela usava no baile tule, flores. O tule, em sua frágil aparência, a envolvia graciosamente e formava, por assim dizer, uma barreira ao contato demasiadamente imediato com as pessoas à sua volta; aproximavam-se dela com menos segurança, menos atrevimento, temendo amarrotar esse delicado envelope. Hoje o obstáculo caiu: a moça quase se tornou uma jovem mulher, e eu lamento isso. São, parece, os americanos os responsáveis por essa mudança; não poderíamos, por nossa própria conta, fazer melhor sem lhes tomar esse empréstimo? Mas eis-me longe de meu assunto, e quase me esqueço de que a primavera, como um "Príncipe Encantado", com todas as suas graças, chegou até nós. Há algum tempo ele havia se refugiado sob sua tenda, deixando passar livremente o vento e as pancadas de chuva; mas não deixa de estar presente e me permitiu explorar seus tesouros. Há tantos que não se sabe por onde começar, e é de perder a cabeça. Comecemos então por ele – pelo chapéu.

Cada vez menor, o chapéu se eleva sobre os cabelos encaracolados como um acento circunflexo. Ora é uma borboleta, ora um tufo de azeviche, ora asas de ouro perdendo-se em meio ao tule ou em um buquê de flores.

O chapéu redondo ainda espera pelos raios mais ardentes do sol para desabrochar; mas já se adivinha que as abas serão largas, a copa, baixa, e a imaginação, sem fim na disposição das penas e das flores.

Embaixo, o traje:

A grande jaqueta é sempre a preferida das silhuetas elegantes; é usada comprida, ao estilo Luís XV com lapelas, de lãzinha simples ou ricamente bordada com azeviche mesclado a bordado opaco.

A pelerine de comprimento médio continua a fazer furor; mas, como as lojas de novidades se apoderaram dessa criação, a missão de nossas grandes costureiras tornou-se cada vez mais delicada: triunfar sobre a banalidade, eis a questão! Elas tiveram êxito. A pelerine de lãzinha leve ou de seda com sua forma mefistofélica ou, se preferirem, estilo Henrique II, seus apliques de azeviche mesclados com ouro, suas franjas de azeviche ou de largas rendas, sua gola Médici menos alta para dar mais liberdade ao movimento do pescoço, forrada com uma fazenda leve clara ou escura, essa é a "última moda". Evitem, sobretudo, o traje bordado de cabuchões de azeviche, o ponto alto da estação! Caiu na vulgaridade; é o ponto alto do espetáculo de ontem, como diria Sarcey[1].

---

1 Francisque Sarcey (1827-1899), crítico de teatro e jornalista francês.

O vestido primaveril ainda não atingiu todo o seu esplendor; mas os poucos exemplares que vi com nossas grandes costureiras permitem-me que lhes fale deles com convicção. Antes de tudo, felicitemo-nos pela liberdade que ali reina. Usa-se de tudo; aceita-se tudo que seja acompanhado de graça e bom gosto, tanto o grande *basque* com martingale por cima de um gilê bordado, quanto o corpete com cinto, bordado ou simples, deixando o próprio tecido esbaldar-se na forma de pregas e jabôs.

Vi uma toalete cinza de perfeito bom gosto. Onde? Como? Vocês nunca saberão! Limito-me simplesmente a fazer-lhes uma descrição detalhada. A toalete em questão era de tonalidade cinza-claro; o tecido de lãzinha lembra por sua maciez o veludo cotelê tão procurado neste inverno, e ao mesmo tempo é tão leve de usar quanto o fular. A saia, com cauda pequena, é forrada de tafetá; essa última inovação dispensa a anágua e simplifica o trabalho daquelas que não se deram ao trabalho de diminuir a tarefa da municipalidade, varrendo as ruas.

Um rendado imitando a renda de Veneza enfeita a parte de baixo dessa saia, cuja fazenda é totalmente usada em viés, o que aumenta muito sua graça. A fita que prende essa renda lembra a do corpete todo salpicado de bordados com miçangas de aço e cuja frente termina em pregas sobre um gilê de renda de Veneza, gilê que continua em torno da cintura em forma de *basque*.

Uma toalete negra soube igualmente me encantar. Mas não valeria mais a pena ficar com o tom cinza? "Talvez." É com essa palavra que termina uma comédia de Alexandre Dumas (*O suplício de uma mulher*). Por que não dizer o mesmo e livrá-los da...

*Étoile Filante?*

*Le Mensuel*

## IMPRESSÕES DOS SALÕES
maio de 1891

Nós temos, este ano ainda, dois clãs de pintores que estão em guerra: os dos Champs-Élysées e os do Champ de Mars.[1] Uns pregam a tradição, são a Escola; os outros proclamam a juventude e a liberdade. Esses rótulos talvez não signifiquem grande coisa, visto que no fundo o objetivo a ser atingido é sempre o mesmo, e cabe às duas partes – ninguém contesta isso – unir-se diretamente à natureza e tornar o mais felizes possível as impressões que ela provoca no artista. No entanto, parece-me que o Champ de Mars teve mais êxito em suas pesquisas; tudo ali é mais divertido e, sobretudo, o número de quadros medíocres é menor. Sei muito bem que dizem que a tradição da "grande pintura" reside nos Champs-Élysées. Oh, meu Deus! O que será essa "grande pintura"? Será pela dimensão gigantesca da tela? Então o pobre Rochegrosse[2] é o maior de nossos pintores, e vários de seus colegas do Palácio da Indústria[3] não ficam para trás; mas, se a grande arte é simplesmente aquela que nos enaltece, que nos faz pensar em muitas coisas maravilhosas, que faz vibrar a alma ao acariciar os olhos, eu realmente a vejo mais do outro lado. Aliás, são impressões que observo,

---

[1] A Société des Artistes Français (SAF) reunia os artistas que expunham no salão realizado anualmente no palácio des Champs-Élysées; a Société Nationale de Beaux-Arts (SNBA) promovia um salão concorrente no palácio des Beaux-Arts du Champ-de-Mars, ambos em Paris.
[2] Georges Rochegrosse (1859-1938), pintor francês, SAF.
[3] Outro nome para o palácio de Champs-Élysées, ou SAF.

impressões todas pessoais e que reconheço sujeitas a caução e réplicas.

Elevamo-nos acima da terra com Puvis de Chavannes[4], ou melhor, desejaríamos nos elevar com ele nesse mundo de sonhos, de paz profunda, nessa atmosfera velada, mas em absoluto opressiva, onde vivem personagens de uma vida etérea, mas não irreal; essa bela paisagem, acreditamos conhecê-la; sentimos em algum dia feliz a alegria de um belo dia de verão, mas não certamente com essa força, essa intensidade. O encanto dessas duas telas destinadas ao museu de Rouen[5] só vai penetrando pouco a pouco, mas acaba nos isolando de todas as pinturas que as cercam. O que acontecerá quando as virmos no local, sem esse fundo vermelho que, em uma primeira aproximação, destrói sua suave harmonia?

Puvis personifica o sonho, a vida contemplativa; Besnard[6], o movimento, as cores vivas, a vida em toda a sua plenitude, a natureza engrandecida, eu diria idealizada, se a palavra não fosse utilizada muitas vezes em um sentido banal. Não conheço retrato mais sedutor que aquele das duas irmãs de braços dados, delicadas, maliciosas, a pele rosada, simplesmente vestidas de tule verde preso à cintura com uma faixa branca, uma ligeiramente inclinada para trás em um movimento nobre, mas não altaneiro, a outra se curvando para colher uma flor, sem esforço, sem afetação. Elas se destacam do fundo intenso de uma estufa de folhagens escuras, de um azul vigoroso, profundo, aveludado. Isso tem o brilho dos belos Rubens, sua originalidade, além da graça, da delicadeza. É a imagem da juventude alegre, da primavera. Besnard expõe um outro retrato de

---
4 Pierre Puvis de Chavannes (1824-1898), pintor francês, SNBA.
5 *La poterie* e *La céramique*, Museu de Belas-Artes de Rouen.
6 Paul-Albert Besnard (1849-1934), pintor francês, SNBA.

igual importância, mas evocando um sentimento completamente diferente: o toque é mais íntimo, mais envolvente; também é mais sóbrio nos tons; depois, três pequenas telas: uma Anunciação concebida como um primitivo, com um anjo a exemplo dos de Benozzo Gozzoli voando em uma paisagem deliciosa; um efeito curioso de sol poente e um interior, uma mesa posta (que natureza-morta!) próxima a uma janela que se abre para um fundo de falésia. Não nos esqueçamos de seus estudos (projetos de vitrais), de uma cor tão bela, de um desenho tão livre, lembrando, sem imitá-las de modo algum, as composições japonesas, pois, como os japoneses, Besnard sabe observar e possui o amor profundo do mestre dos mestres, a natureza.

Edelfelt[7] também ama o sol, as cores alegres, claras. Ele tem, além de suas incomparáveis aquarelas, duas obras encantadoras: duas pequenas finlandesas passeando por uma alameda ensolarada, um interior de cabaré italiano e, finalmente, uma grande tela de um misticismo sincero e robusto, Cristo e Madalena, segundo uma lenda escandinava.

Cito ao acaso pintores que me emocionaram particularmente; em primeiro lugar Kuehl[8], que desenvolveu também o tema da luz em *Luz do sol*, onde se sente um pouco a lembrança de Pieter de Hoogh[9]; ele é mais pessoal em *Tristes notícias*. Dessar[10], um jovem americano, colocou muita poesia em sua *Partida para a pesca*. Kowalsky[11] será interessante acompanhar. Pesquisadores sinceros e singularmente felizes como Jeanniot[12] com seu *Efeito de*

---

7 Albert Edelfelt (1854-1905), pintor finlandês, SNBA.
8 Gotthardt Kuehl (1850-1915), pintor alemão, SNBA.
9 Pieter de Hoogh (1629-1683), pintor holandês.
10 Louis Paul Dessar (1867-1952), pintor americano, SAF.
11 Léopold-Franz Kowalsky (1856-1931), pintor francês, SAF.
12 Pierre-Georges Jeanniot (1848-1934), pintor francês, SNBA.

*neve*; Billotte[13] com suas vistas de Paris, tão verdadeiras, tão poéticas; Lepère[14] com sua paleta original; Barrau[15]; Lebourg[16] e Stetten[17] com seus estudos. Outro pesquisador, talvez um pouco confiante demais em si mesmo: Dagnan[18]. Seu *Partida dos recrutas* é uma concepção elevada, nobre, como tudo que nos vem desse grande artista. Mas, se cada recruta, tomado à parte, é maravilhosamente retratado, o grupo não vive realmente uma vida em comum; todos se isolam em seus pensamentos interiores, e não se sente o grande sopro que faz mover as massas; pareceu-me até que faltava um pouco de ar nessa rua onde cantam esses jovens. Ao contrário, Dagnan expõe ao lado uma autêntica obra-prima, uma jovem envolta em um tecido azul, numa atmosfera de profunda poesia. Essa poesia, nós a encontramos em Lerolle[19], embora esteja, este ano, um pouco sombrio; nós a encontramos em Cazin[20], cujas belas paisagens são, no entanto, mais metálicas que de costume; em *Joana d'Arc*, de Lagarde[21]; depois, muito intensa e destacando-se de seu nevoeiro (muito acentuado talvez) nas obras tão curiosas de Carrière[22], em suas composições íntimas, seus retratos tão pessoais.

Quantos belos retratos nas duas exposições! Seria difícil citar todos eles; lamentamos não nos estendermos sobre cada um e nos atermos a uma simples enumeração, repleta, infelizmente, de lacunas!

---

13 René Billotte (1846-1915), pintor francês, SNBA.
14 Louis-Auguste Lepère (1849-1918), pintor francês, SNBA.
15 Laureano Barrau i Buñol (1863-1957), pintor espanhol, SNBA.
16 Albert Lebourg (1849-1928), pintor francês, SNBA.
17 Carl Ernst von Stetten (1857-?), pintor alemão, SNBA.
18 Pascal Dagnan-Bouveret (1852-1929), pintor francês, SNBA.
19 Henry Lerolle (1848-1929), pintor francês, SNBA.
20 Jean-Charles Cazin (1841-1901), pintor e escultor francês, SNBA.
21 Pierre Lagarde (1853-1910), pintor francês, SAF.
22 Eugène Carrière (1849-1906), pintor francês, SNBA.

O mais notável (o sentimento é unânime) é o da bela sra. Gautereau, por Courtois[23]; e também o do pintor Stetten, pelo mesmo artista; o retrato da criança de Sargent[24], determinado, cheio de vida e de espontaneidade; é uma obra de grande mestre o retrato do cardeal de Sens, por Delaunay[25]; o de Bonnat[26]; os retratos de Carolus--Duran[27]; de Chaplin[28] (um bom Chaplin); de Chartran[29]; de Dubois[30]; um belo retrato de mulher de Humbert[31]; um padre da srta. Virginie Porgès[32]; e os retratos da sra. Roth[33] devem ser apreciados; os de Boldini[34], de Blanche[35], muito curiosos, com um movimento um pouco exagerado às vezes, mas bem observado; se buscarmos uma paleta mais leve, tons mais suaves, menos sujos, sobretudo nas sombras, os pequenos retratos delicados de Jarraud[36], alguns esboços de retratos de Stevens[37] (principalmente o de uma mulher em amarelo), um retrato mais antigo, mas muito especial de Whistler[38]: tudo isso também é interessante.

O próprio Whistler tem uma paisagem marítima bem encantadora. Ainda restam outras telas a citar; Renan[39]

---

23 Gustave Courtois (1852-1923), pintor francês, SNBA.
24 John Singer Sargent (1856-1925), pintor ítalo-americano, SNBA.
25 Jules-Élie Delaunay (1828-1891), pintor francês, SAF.
26 Léon Bonnat (1833-1922), pintor francês, SAF.
27 Carolus-Duran (1837-1917), pintor francês, SNBA.
28 Charles-Joshua Chaplin (1825-1891), pintor francês, SAF.
29 Théobald Chartran (1849-1907), pintor francês, SAF.
30 Paul Dubois (1829-1905), escultor e pintor francês, SAF.
31 Ferdinand Humbert (1842-1934), pintor francês, SAF.
32 Virginie-Hélène Porgès (1864-1930), pintora e poetisa francesa, SAF.
33 Clémence Roth (1858-?), pintora francesa, SNBA.
34 Giovanni Boldini (1842-1931), pintor italiano, SNBA.
35 Jacques-Émile Blanche (1861-1942), pintor francês, SNBA.
36 Léonard Jarraud (1848-1926), pintor francês, SNBA.
37 Alfred Stevens (1823-1906), pintor belga, SNBA.
38 James Abbott McNeill Whistler (1834-1903), pintor americano, SNBA.
39 Ary Renan (1857-1900), pintor e poeta francês, SNBA.

tem uma vista maravilhosa da Argélia; Dumoulin[40], estudos italianos francos e originais; Pointelin[41] tem sempre seu toque melancólico. Não me estenderei sobre as obras vigorosas de Ribot[42]; as naturezas-mortas "no estilo de Chardin" de Zakarian[43]; a de Bergeret[44], mais importante, mais pessoal; e finalmente a do grande mestre Vollon[45].

Ouso ainda menos falar da escultura, apesar dos grandes nomes de Falguière[46], Dubois e Rodin[47]; mas, já que são impressões pessoais que registro aqui, não posso concluir sem dizer uma palavra sobre aquelas que provocaram em mim alguns grandes artistas que trabalham nos admiráveis "gêneros inferiores". O vidreiro Gallé[48] talvez seja nosso poeta mais genial: uma asa de coruja, pássaros na neve, libélulas de cores escuras ou vivas servem-lhe de tema e nos fazem vibrar intensamente. O gravador Roty[49] nos provoca a mesma profunda sensação com suas maravilhosas medalhas, sobretudo a de Sir John Pope Hennesi, a do Clube Alpino e sua placa comemorativa de uma festa de família, três obras de arte incomparáveis. Por fim, Delaherche[50] e Chaplet[51] seguem esses caminhos nobres em suas belas cerâmicas.

Quanto talento! Quantos nobres esforços! Seria preciso, para traduzir minha viva admiração, uma pena menos he-

---

40 Louis-Jules Dumoulin (1860-1924), pintor francês, SNBA.
41 Auguste Pointelin (1839-1933), pintor francês, SAF.
42 Germain-Théodore Ribot (1845-1893), pintor francês, SNBA.
43 Zacharie Zakarian (1849-1923), pintor francês, SNBA.
44 Denis-Pierre Bergeret (1846-1910), pintor francês, SAF.
45 Antoine Vollon (1833-1900), pintor francês, SAF.
46 Alexandre Falguière (1831-1900), pintor e escultor francês, SAF.
47 Auguste Rodin (1840-1917), escultor francês, SNBA.
48 Émile Gallé (1846-1904), artista francês, SNBA.
49 Oscar Roty (1846-1911), artista francês, SNBA.
50 Auguste Delaherche (1857-1940), ceramista francês, SNBA.
51 Ernest Chaplet (1825-1891), ceramista francês, SNBA.

sitante. Se, no entanto, consegui despertar em meus leitores algumas sensações de arte já experimentadas, meu objetivo terá sido atingido; se, ao contrário, algum deles se irritar ao me ler, como em

Ao contar nossos males, muitas vezes os aliviamos.[52]

O *Mensuel* terá prazer em receber sua resposta. A réplica será fácil, aliás: pode-se apagar, sem dificuldade, o...

... *Fusain*

---

[52] *Polyeucte* (1643), do dramaturgo francês Pierre Corneille (1606-1684).

*Le Mensuel*

## COISAS NORMANDAS
setembro de 1891

*Trouville, capital de cantão, com 6.808 habitantes, pode acomodar no verão mais de 15 mil estrangeiros*
GUIA *JOANNE*

*Para Paul Grunebaum*

Há alguns dias, podemos contemplar a calma do mar no céu que voltou a ficar puro, como contemplamos uma alma em um olhar. Não há mais ninguém para se deleitar com as agitações e os apaziguamentos do mar de setembro, já que é elegante deixar as praias no fim de agosto e ir para o campo. Mas invejo e, se os conheço, visito frequentemente aqueles cuja casa de campo fica perto do mar, situada próximo a Trouville, por exemplo. Invejo quem pode passar o outono na Normandia, por menos que saiba pensar e sentir. Suas terras, nunca muito frias, mesmo no inverno, são as mais verdes que existem, naturalmente gramadas sem a menor lacuna, até nos belos bosques que recobrem os trechos mais íngremes das colinas. Muitas vezes, do terraço, onde uma xícara de chá dourado está fumegando sobre a mesa, podemos avistar o "sol raiando sobre o mar" e as velas que chegam, "todos esses movimentos dos que partem, dos que ainda têm a força de desejar e de querer". Do meio tão sereno e tão doce de todas essas coisas vegetais, podemos observar a paz dos mares, ou o mar revolto, e as ondas coroadas de espuma e de gaivotas que se lançam como leões, fazendo ondular sob o vento sua juba branca. E a lua, invisível a todos durante o dia, mas que continua a perturbá-las com seu magnífico olhar, as doma, detém repentinamente sua investida, e as atiça novamente antes de fazê-las recuar mais, provavelmente para encantar os melancólicos lazeres da assembleia dos astros, príncipes misteriosos dos céus marítimos. Quem vive na Normandia vê tudo isso; e, se vai durante o dia até a praia, ouve, parecendo ritmar seus prantos com os impulsos da alma humana, o mar, que no mundo criado corresponde à música, pois, não nos mostrando nada de material, e não sendo, à sua maneira, descritivo, parece ser o canto monótono de uma vontade ambiciosa e vacilante. No fim da tarde, ele volta para o campo, e de seus jardins não distingue mais o céu e o mar que se confundem. Parece-lhe, no entanto, que essa linha brilhante os separa: acima, efetivamente, é o céu. É efetivamente o céu, esse leve cinturão azul pálido, e o mar molha apenas suas franjas de ouro. Mas eis que um navio o estampa, parecendo navegar em pleno céu. À noite, se a lua brilha, ela branqueia os vapores muito espessos que sobem dos pastos e, por um gracioso encantamento, o campo parece um lago ou um pasto coberto de neve. Assim, esse interior, o mais rico da França, que, com sua abundância inextinguível de fazendas, vacas, creme, macieiras de cidra, gramas altas, convida só a comer e a dormir, enfeita-se, quando chega a noite, de algum mistério e rivaliza na melancolia com a grande planície do mar. Finalmente, há algumas habitações muito desejáveis, umas investidas pelo mar e protegidas contra ele, outras empoleiradas no alto da falésia, no meio dos bosques, ou estendendo-se amplamente em planaltos cobertos de relva. Não estou falando das casas "orientais" ou "persas", que agradariam mais em Teerã, mas principalmente das casas normandas, na realidade meio normandas, meio inglesas, onde a abundância de ornamentos nas cumeeiras multiplica os pontos de vista e complica a silhueta, onde as janelas bem amplas possuem tanta doçura e intimidade, onde, das jardineiras construídas nas paredes, sob cada janela, chovem inesgotavelmente flores sobre as escadas externas e halls envidraçados. É onde eu entro, pois a noite cai, e vou reler pela centésima vez o *Confiteor* do poeta Grabriel Trarieux...

*Marcel Proust*[1]

---

[1] Essa foi a primeira vez que Proust assinou uma crônica com seu nome.

*Le Mensuel*

## LEMBRANÇA
setembro de 1891

Um empregado usando uma libré marrom com botões dourados veio abrir e me fez entrar quase imediatamente em uma saleta com paredes forradas de cretone, lambris de pinheiro e vista para o mar. Quando entrei, um jovem, bem bonito sem dúvida, levantou-se, cumprimentou-me friamente, depois voltou a sentar-se em sua poltrona e continuou a leitura do jornal, fumando seu cachimbo. Fiquei de pé, um pouco constrangido, diria até um pouco preocupado com a recepção que eu teria ali. Teria eu razão, passados tantos anos, em vir a esta casa, onde talvez tivesse sido esquecido há muito tempo? Esta casa antes tão hospitaleira, onde vivi horas profundamente doces, as mais felizes da minha vida?

O jardim que cercava a casa e formava um terraço em uma de suas extremidades; a própria casa, com suas duas pequenas torres de tijolos vermelhos incrustados de faianças diversamente coloridas; o longo hall retangular, onde ficávamos nos dias chuvosos; e até os móveis da saleta, onde acabaram de me fazer entrar, nada havia mudado.

Passados alguns instantes, um homem idoso de barba branca entrou; era baixo e muito curvado. Seu olhar indeciso conferia à sua expressão muita indiferença. Logo reconheci o sr. de N. Mas ele não me identificou. Apresentei-me várias vezes: meu nome não lhe trazia nenhuma lembrança. Meu constrangimento aumentava. Olhávamos um para o outro, sem saber o que dizer. Em vão, esforçava-me para reavivar sua memória: ele havia se esquecido completamente de mim. Eu era um estranho para ele. Íamos nos despedir quando a porta se abriu bruscamente: "Minha irmã Odette", disse-me, com uma vozinha aguda, uma linda menina de 10 ou 12 anos, "minha irmã acabou de saber de sua chegada. O senhor gostaria de vê-la? Isso lhe daria um grande prazer!". Eu a acompanhei e fomos até o jardim. Ali, de fato, encontrei Odette estendida em uma espreguiçadeira, envolta em um grande cobertor xadrez. Eu não a teria reconhecido, por assim dizer, tanto ela havia mudado. Suas feições envelheceram e seus olhos delineados de negro pareciam perfurar o rosto lívido. Ela, que tinha sido tão bela, não o era mais. Com um ar um pouco constrangido, pediu-me que sentasse ao seu lado. Estávamos sós. "O senhor deve estar bastante surpreso de me encontrar nesse estado", disse-me após alguns instantes. "É que, desde minha terrível doença, estou condenada, como vê, a ficar deitada sem me mexer. Vivo de sentimentos e de dores. Mergulho meu olhar nesse mar azul cuja grandeza, aparentemente infinita, tem para mim tanto encanto. As ondas, ao virem se quebrar na areia, são como pensamentos tristes que percorrem meu espírito, como esperanças às quais preciso renunciar. Leio, leio até muito. A música dos versos evoca em mim as mais doces lembranças e faz vibrar todo o meu ser. Como é gentil de sua parte não ter me esquecido depois de tantos anos e ter vindo me ver! Isso me faz bem. Já estou me sentindo muito melhor. Posso dizê-lo, não é mesmo? Já que fomos tão bons amigos. O senhor se lembra das partidas de tênis, que jogávamos aqui, nesse mesmo lugar? Eu era ágil naquele tempo; era alegre. Hoje, não posso mais ser ágil; não posso mais ser alegre. Quando vejo o mar retirar-se ao longe, muito longe, penso frequentemente em nossos passeios solitários à maré baixa. Guardo deles uma lembrança encantadora que poderia ser suficiente para me alegrar, se não fosse tão egoísta, tão má. Mas, veja o senhor, tenho dificuldades para me resignar e, de tempos em tempos, contra minha vontade, revolto-me contra meu destino. Entedio-me assim tão sozinha, pois estou só desde que mamãe morreu. Papai está doente demais e velho demais para cuidar de mim. Meu irmão teve uma grande tristeza com uma mulher que o traiu horrivelmente. Desde então, ele vive só para ele; nada pode consolá-lo nem mesmo distraí-lo. Minha irmãzinha é tão jovem e, além do mais, é preciso deixá-la viver feliz enquanto pode."

Enquanto falava comigo, seu olhar animara-se; a cor cadavérica de sua tez havia desaparecido. Havia recobrado sua doce expressão de antes. Era novamente bela. Meu Deus, como era linda! Queria tê-la tomado em meus braços: queria ter-lhe dito que a amava... Ficamos juntos por muito tempo ainda. Depois a levaram para dentro da casa, pois o fim de tarde estava refrescando. Depois, precisei me despedir dela. As lágrimas me sufocavam. Percorri aquele longo vestíbulo, aquele delicioso jardim cujo cascalho dos caminhos nunca mais, infelizmente, iria estalar sob meus passos. Fui até a praia; estava deserta. Fiquei passeando meditativo, pensando em Odette, ao longo do mar que se retirava, indiferente e calmo. O sol desaparecera atrás do horizonte; mas ele ainda esparramava no céu seus raios púrpuros.

*Pierre de Touche*

*Revue d'Art Dramatique*

## PERFIL DE ARTISTA[1]
janeiro de 1897

É um gênero. E, ainda que a necessidade de ir frequentemente ao teatro e a ilusão de ali se sentir observado tenham dado ao senhor que a cultiva hábitos de elegância, para ser divertido ele assina seus artigos como "Senhor da Fiscalização" ou "Um Bombeiro de Plantão", assumindo o papel daquele que acende as lamparinas ou do que vende os programas. Muitas vezes é um jovem. Então, de preferência, escreve perfis de atrizes. Elogia aquelas que são bonitas, tenta lançar as que não têm talento para sobressair, vendendo sua independência para comprar seus favores. Com as principiantes, sabe encontrar um tom paternal. Para os artistas que admira ele enumera, compara, exalta seus diferentes papéis. "Alternadamente cruel em *Nero*, melancólico em *Fantasio*, impetuoso em *Ruy-Blas* etc.", tomando emprestado, aliás, às outras artes, os termos de suas comparações. Algumas vezes à música: "O sr. Worns não podia estar bem nesse papel. Não foi escrito para a sua voz". Mais frequentemente à escultura. Ela fornece os "baixos-relevos antigos", os "bronzes florentinos",

---

[1] Teria eu necessidade de dizer que este perfil não pretende se assemelhar a ninguém e que todos os traços são inventados segundo a mais pura fantasia? Se por acaso existir na imprensa um "Senhor da Fiscalização" ou "Um Bombeiro de Plantão", que me perdoe por ter pego seu nome sem saber, como eu lhe perdoo por ter soprado minha "fala"; ele não tem nada a invejar ao "Vendedor de Binóculos". É assim que eu pensei, inicialmente, assinar este artigo. E tenho razões muito melhores do que a intenção de, às vezes, dedicar-me pessoalmente a isso, para não denegrir seriamente um gênero recentemente ilustrado pelo sr. Henry Gauthier-Villars. [N.A.]

os "delicados tânagras". Faz-se de pintor para louvar as "nuances dissolvidas" da dicção de Sarah Bernhardt, para reconhecer em Mounet-Sully "um Ticiano que desceu de sua moldura" e "caminha entre nós".

Os grandes artistas jamais são os mesmos dois dias seguidos. Tanto melhor, pois a irregularidade é uma das marcas do gênio. Um dia, Sarah Bernhardt "procurava visivelmente se superar". No dia seguinte, "estava abaixo dela mesma" e "não deu tudo o que poderia ter dado". Alguns estão "progredindo". Outros "estão no caminho errado". Para estes, ele não poupa conselhos. Às vezes um artigo se intitula: "Um pouco de consciência, senhores da comédia".

Se escapa ao crítico uma expressão como "enquanto o sr. Worns se safa", ele acrescenta divertidamente "como diria o falecido Royer-Collard", ou "se ouso me expressar assim".

E, se o nome do sr. Maubant "surge sob sua pena", ele colocará entre parênteses: "Vocês estão todos envenenados, meus senhores".

Com ele nós entramos na intimidade dos artistas. Descobrimos que a srta. Z., a artista, é uma "espertalhona" e também uma "bisbilhoteira astuta", que o sr. Truffier tem "seus momentos" de delicado poeta e o sr. Duflos é "um de nossos mais intrépidos comediantes".

E sua vida, também a conhecemos, pois, em sua necessidade de se revelar, seu pensamento lhe parecendo demasiadamente impessoal, ele nos revela seus costumes. Descobrimos que, jantando na cidade na noite de uma estreia, ele saiu antes do café para chegar no horário e que a cortina só se ergueu muito tempo depois. Toma o partido do público – "Daquele que paga, o verdadeiro" (paródia de um verso conhecido) –, incrimina a administração do

Vaudeville, questiona o diretor das Belas-Artes[2]. Em dez anos, ele reunirá seus "perfis", "suas pontas-secas" e suas "sanguinas". Na primeira página, uma carta do sr. Duquesnel significará que aceita que a obra lhe seja dedicada. Por ora, ele tenta entrar na *Revue d'Art Dramatique*.

*Marcel Proust*

---

2 O departamento de Belas-Artes era, na França, uma secretaria vinculada ao Ministério da Instrução Pública, antes do surgimento do Ministério da Cultura, em 1959.

*Revue Blanche*

## CONTRA A OBSCURIDADE
15 de julho de 1896

"Vocês são da escola jovem?", pergunta a todo estudante de 20 anos que produz literatura todo senhor de 50 que não a produz. "Eu confesso que não a compreendo, é preciso ser iniciado... Aliás, nunca houve tanto talento; hoje quase todo mundo tem talento."

Ao tentar extrair da literatura contemporânea algumas verdades estéticas que tenho certeza de perceber, pelo fato de que ela própria as indica, ao negá-las, expor-me-ei à acusação de ter desejado desempenhar antes do tempo o papel do senhor de 50 anos: não usarei, no entanto, sua linguagem. Acredito de fato que, como todos os mistérios, a Poesia jamais pode ser totalmente compreendida sem uma iniciação e mesmo sem uma escolha. Quanto ao talento, que nunca foi muito comum, parece que raramente ele tenha se revelado menos do que hoje em dia. É certo que, se o talento consiste em certa retórica ambiente que ensina a fazer "versos livres" como uma outra ensinava a fazer "versos latinos", cujas "princesas", as "melancolias", "debruçadas" ou "sorridentes", os "berilos" pertencem a todo mundo, pode-se dizer que hoje todos têm talento. Mas não passam de conchas vãs, sonoras e vazias, pedaços de madeira podre ou de ferro enferrujado que a onda lançou na praia e que o primeiro a chegar pode apanhar, se desejar, visto que, ao se retirar, a geração não os levou consigo. Mas o que fazer da madeira podre, muitas vezes destroços de uma bela frota antiga – imagem irreconhecível de Chateaubriand ou de Victor Hugo...

Mas é chegada a hora de falar sobre o erro de estética que eu quis assinalar aqui e que me parece destituir de talento tantos jovens originais, se o talento for de fato mais do que a originalidade do temperamento, quero dizer, o poder de reduzir um temperamento original às leis gerais da arte, ao gênio permanente da língua. Esse poder certamente falta a muitos, mas outros, suficientemente capazes para adquiri-lo, parecem sistematicamente não ambicioná-lo. A dupla obscuridade que resulta disso em suas obras, obscuridade de ideias e imagens de um lado, obscuridade gramatical de outro, seria justificável em literatura? Tentarei examiná-la aqui.

Os jovens poetas (em verso ou em prosa) teriam um argumento preliminar a fazer valer para eludir minha questão.

"Nossa obscuridade", poderiam nos dizer, "é a mesma obscuridade que reprovávamos em Victor Hugo, que reprovávamos em Racine. Na língua, tudo o que é novo é obscuro. E como a língua não seria nova quando o pensamento, quando o sentimento não são mais os mesmos? A língua, para permanecer viva, deve mudar com o pensamento, se prestar às suas novas necessidades, como as patas que se tornam palmadas nas aves que terão de viver na água. Grande escândalo para aqueles que apenas viram aves andando ou voando; mas, concluída a evolução, sorrimos em razão de ela ter-nos chocado. Um dia, a surpresa que nós vos causamos surpreenderá, como surpreendem hoje as injúrias com as quais o classicismo que findava saudava os primeiros passos do romantismo."

Eis o que nos diriam os jovens poetas. Mas, tendo-os felicitado inicialmente por essas palavras engenhosas, lhes diríamos: não querendo sem dúvida fazer alusão às escolas preciosistas, vocês jogaram com a palavra "obscuridade", ao elevar tão alto a nobreza da de vocês. Ela é, ao contrário, bem recente na história das Letras. É diferente das primeiras tragédias de Racine e das primeiras odes de Victor Hugo. No entanto, o sentimento da mesma necessidade, da mesma constância das leis do universo e do pensamento, que não me permite imaginar, à maneira das crianças, que o mundo irá mudar segundo meus desejos, me impede de acreditar que as condições da arte, sendo subitamente modificadas, farão com que as obras-primas se tornem então o que jamais foram ao longo dos séculos: quase ininteligíveis.

Mas os jovens poetas poderiam responder: "Os senhores se surpreendem com o fato de o mestre ser obrigado a explicar suas ideias a seus discípulos. Mas não é o que sempre ocorreu na história da filosofia na qual os Kant, os Spinoza, os Hegel, tão obscuros quanto profundos, não se deixam compreender sem dificuldades bem grandes? Os senhores se enganariam sobre o caráter de nossos poemas: não são devaneios, são sistemas".

O romancista, atulhando de filosofia um romance que será inestimável aos olhos tanto do filósofo como do literato, não comete um erro mais perigoso do que o que eu acabo de atribuir aos jovens poetas e que eles não somente colocaram em prática, mas transformaram em teoria.

Eles esquecem, como esse romancista, que se o literato e o poeta podem, de fato, ir tão a fundo na realidade das coisas quanto o próprio metafísico, é por um outro caminho, e que o auxílio do raciocínio, longe de fortalecê-lo, paralisa o impulso do sentimento que, sozinho, pode conduzi-los ao coração do mundo. Não é por um método filosófico, é por uma espécie de poder instintivo que *Macbeth* é, à sua maneira, uma filosofia. A essência de tal obra, como a própria essência da vida, da qual ela é a imagem, permanece, mesmo para o espírito que a esclarece cada vez mais, sem dúvida, obscura.

Mas é uma obscuridade de um gênero totalmente diferente, fecunda no aprofundamento e cuja ação seria desprezível impossibilitar pela obscuridade da língua e do estilo.

Ao não se dirigir a nossas faculdades lógicas, o poeta não pode se beneficiar do direito que tem todo filósofo profundo de parecer no início obscuro. Inversamente, estaria se dirigindo a elas? Sem conseguir fazer metafísica, que requer uma língua bem mais rigorosa e definida, ele cessa de fazer poesia.

Visto que nos dizem que não se pode separar a língua da ideia, nós aproveitaremos para ressaltar aqui que, se a filosofia, na qual os termos têm um valor relativamente científico, deve falar uma língua especial, a poesia não pode fazer o mesmo. As palavras não são signos puros para o poeta. Os simbolistas serão sem dúvida os primeiros a nos conceder que aquilo que cada palavra conserva, em sua figura ou em sua harmonia, do encanto de sua origem ou da grandeza de seu passado, tem sobre nossa imaginação e sobre nossa sensibilidade um poder de evocação no mínimo tão grande quanto seu poder de significação estrita. São essas afinidades antigas e misteriosas entre nossa língua materna e nossa sensibilidade que, no lugar de uma linguagem convencional como são as línguas estrangeiras, fazem dela uma espécie de música latente que o poeta pode fazer ressoar em nós com uma doçura incomparável. Ele rejuvenesce uma palavra tomando-a em uma acepção antiga, ele oscila entre duas imagens distintas das harmonias esquecidas, a todo o momento ele nos faz respirar com prazer o perfume da terra natal. É aí que está, para nós, o encanto natal do modo de falar da França – o que parece significar hoje o modo de falar de

Anatole France, uma vez que é um dos únicos que querem ou que ainda sabem dele se servir. O poeta renuncia a esse poder irresistível de despertar tantas Belas Adormecidas em nós quando fala uma língua que não conhecemos, na qual adjetivos, senão incompreensíveis, ao menos recentes demais para não serem mudos para nós, seguem, em frases que parecem traduzidas, advérbios intraduzíveis.

Com a ajuda de suas glosas, eu talvez chegasse a compreender seu poema como um teorema ou um enigma. Mas a poesia demanda um pouco mais de mistério e a impressão poética, que é totalmente instintiva e espontânea, não será produzida.

Passarei brevemente pela terceira razão que poderiam alegar os poetas, quero dizer o interesse pelas ideias ou sensações obscuras, mais difíceis de serem expressas, mas também mais raras, do que as sensações claras e mais correntes.

Independentemente dessa teoria, é muito evidente que, se as sensações obscuras são mais interessantes para o poeta, é no sentido de torná-las mais claras. Se ele percorre a noite, que seja como o Anjo das Trevas, trazendo a luz.

Enfim chego ao argumento mais frequentemente invocado pelos poetas obscuros em favor de sua obscuridade, a saber, o desejo de proteger suas obras contra os golpes do vulgar. Aqui o vulgar não me parece estar onde pensamos que esteja. Aquele que do poema elabora uma concepção material bastante ingênua para acreditar que ele possa ser alcançado de outra maneira que não por meio do pensamento e do sentimento (e, se o vulgar pudesse alcançá-lo assim, não seria o vulgar), esse tem da poesia a ideia infantil e grosseira que se pode precisamente repreender ao vulgar. Essa precaução contra os golpes do vulgar é, portanto, inútil para as obras. Todo o olhar para trás dirigido ao vulgar, seja para bajulá-lo com uma expressão fácil, seja para desconcertá-lo com uma expressão obscura, fez com que o arqueiro divino errasse eternamente o alvo. Sua obra guardará inexoravelmente o vestígio de seu desejo de agradar ou desagradar às massas, desejos igualmente medíocres, que encantarão, infelizmente, leitores de segunda categoria...

Permitam-me falar ainda sobre o simbolismo, afinal é do que se trata principalmente aqui, que, ao pretender desconsiderar os "acidentes de tempo e de espaço" para nos mostrar apenas verdades eternas, ignora uma outra lei da vida que é a de realizar o universal ou o eterno, mas somente nos indivíduos. Nas obras, como na vida, os homens, por mais generosos que sejam, devem ser fortemente individuais (ver *Guerra e paz*, *O moinho à beira do Floss*), e podemos dizer deles, como de cada um de nós, que, quanto mais eles são eles mesmos, mais realizam amplamente a alma universal.

As obras puramente simbólicas correm o risco, assim, de carecer de vida e, dessa forma, de profundidade. Se, além disso, em vez de tocarem o espírito, suas "princesas" e seus "cavaleiros" sugerem um sentido impreciso e difícil à sua perspicácia, os poemas, que deveriam ser símbolos vivos, não passam de frias alegorias.

Que os poetas se inspirem mais na natureza, na qual, se a essência de tudo é única e obscura, a forma de tudo é individual e clara. Com o segredo da vida, ela lhes ensinará o desprezo pela obscuridade. A natureza nos esconderia o sol, ou os milhares de estrelas que brilham sem véu, radiantes e indecifráveis aos olhos de quase todos? A natureza não nos faria experimentar, rudemente e de modo manifesto, o poder do mar ou do vento do oeste? A cada homem ela permite expressar claramente, durante sua passagem pela terra, os mistérios mais profundos da vida e da morte. Estariam eles, por isso, impregnados de vulgar, apesar da vigorosa e expressiva linguagem dos desejos e dos músculos, do sofrimento, da carne apodrecendo ou em flor? E eu deveria citar, sobretudo, visto que ele é a verdadeira *hora da arte* da natureza, o luar, no qual, apenas para os iniciados, embora reluza tão docemente sobre todos, a natureza, sem nenhum neologismo, há muitos séculos faz luz com a obscuridade e toca flauta com o silêncio. Essas são as observações que achei útil expor a propósito da poesia e da prosa contemporâneas. Sua severidade em relação à juventude, à qual desejaríamos que, como gostamos dela, fizesse coisas melhores, ficaria mais conveniente na boca de um velho. Que me desculpem a sua franqueza, talvez mais louvável na boca de um jovem.

*Marcel Proust*

A coleção ACERVO publica os títulos do catálogo da editora CARAMBAIA em novo formato. Todos os volumes da coleção têm projeto de design assinado pelo estúdio Bloco Gráfico e trazem o mesmo conteúdo da edição anterior, com a qualidade CARAMBAIA: obras literárias que continuarão relevantes por muito tempo, traduzidas diretamente do original e acompanhadas de ensaios assinados por especialistas.

CIP-BRASIL. CATALOGAÇÃO NA
PUBLICAÇÃO/SINDICATO NACIONAL
DOS EDITORES DE LIVROS, RJ/
P962s/Proust, Marcel, 1871-1922/
*Salões de Paris*/Marcel Proust; Tradução:
Caroline Fretin de Freitas e Celina Olga
de Souza. [2. ed.] São Paulo: Carambaia,
2018. 168 pp; 20 cm. [Acervo Carambaia]/
Tradução: *Chroniques*/Apresentação/
ISBN 978-85-69002-36-9/1. Crônica
francesa. I. Fretin, Caroline. II. Souza,
Celina Olga. III. Título. IV. Série.
18-47531/CDD 848/CDU 821.133.1-94

Primeira edição
© Editora Carambaia, 2015

Esta edição
© Editora Carambaia –
Coleção Acervo, 2018

Tradução
Caroline Fretin
Celina Olga de Souza

Seleção das crônicas
Graziella Beting

Apresentação
Guilherme Ignácio da Silva

Revisão
Cecília Floresta
Ricardo Jensen de Oliveira

Coleção Acervo

Projeto Gráfico
Bloco Gráfico

Produção gráfica
Lilia Góes

Fontes
Untitled Sans, Serif

Papéis
Pop Set Black 320 g/m²
Munken Print Cream 80 g/m²

Impressão
Ipsis

Editora Carambaia
rua Américo Brasiliense,
1923, cj. 1502
04715-005 São Paulo SP
contato@carambaia.com.br
www.carambaia.com.br

ISBN
978-85-69002-36-9